5分钟爆笑诗词

历史的囚徒 著

李白篇

湖南文艺出版社
HUNAN LITERATURE AND ART PUBLISHING HOUSE

博集天卷
CS-BOOKY

让懦夫立志，石人动情

在我心中，古诗词向来是一个说不尽的话题，是最神秘最神圣的殿堂。虽然以前写古人的时候，经常涉及古诗词，但用一整套书来系统阐述自己的理解，展示自己的揣摩，我却从来没有想过。

现在，它即将变成现实了——我与业界著名的博集天卷合作，将陆续推出关于古文、古诗词的一系列新书。这是个好事，因为我自己是个懒散的人，现在有这种机会提升自己的阅读量，深入探究古代文学家们的精神世界，真是求之不得。

中国的古文、古诗词，深具魅力，包罗万象，名言佳句不胜枚举。涉时节、家庭、教育、学习、心志、修身、情感、政治、处事，不一而足。有人说，中国人所有的心境和感情，都已经被唐诗、宋词等作品表达过了，这一点也不夸张。

这些作品经过广泛传播，迅速收获数量可观的粉丝的追捧。为什么它们那么受欢迎？因为它们能量惊人，须臾之间便可改造一个人的精神世界，豪放可让懦夫立志，婉约可令石人动情。

在古文、古诗词后面站着的，是一个个活生生的人。他们经常仰望星空，探寻生活的答案，甚至追问宇宙的秩序。因为我自己以前做过多年记者，所以我总觉得这些文学家就像古代的记者，通过寥寥数语来记录生活，阐述对这个世界的看法和自己的立场。而且，因为没有所谓的"编辑"在，他们的作品充满个人特色，很亲切，很纯粹，很细腻，原汁原味。

这个群体中也有创作力爆棚的，比如陆游，平均三天写一首，根本不需要催。至于李白、杜甫等巨星，留下来的作品数以百计，有的甚至上千，即使不考虑他们失传的诗篇，这创作力也是很惊人的（尤其是必背率）。创作之际，就是他们的情感爆发之时，下笔如行云流水。

与唐代诗人的情韵十足相比，宋代词人将思理融入情感，创造了中国古代文学史的又一个巅峰。

我总在想一个问题，他们会想到自己的作品在后世闪光吗？这得看运气，李白在当世即有盛名，有"谪仙人"之誉。但不是每个诗人都能像他那么幸运，杜甫就潦倒一生，死后才出的名。

所以，我们真的应该感谢诗人们的无私。也许他们提笔，不为别的，就为了从烦冗憋屈的现实里寻得一个出口，但这在客观上照亮、温暖了无数迷失的人。

很难想象，如果没有这些闪耀的星星，中国文化史将是多么贫瘠，我们的精神世界将是何等荒芜。

古诗词是人性悠长的回响，是古人与自然对话、与他人对话、与自己对话的最佳载体之一。陶醉其中，体会其内涵，揣摩其背景，就能跨越时空，进入古人的内心世界。理解他们，读懂他们，是我们这些后来人的责任。

历史的囚徒

李白：寂寞的超人

李白是谁？

一个个性鲜明的人，一部行走的金句制造机。

富二代出身，娶了官三代（有两任老婆都是前宰相的孙女）。

李白出生于碎叶（在今吉尔吉斯斯坦），5岁的时候，李白随爸爸李客搬到四川江油，是历史上最知名的"海归"。

李白长得与中原人士不太一样。

他最显著的外貌特征不是"白"，而是有一双大眼睛。

用他的粉丝魏万的话说，"眸子炯然，哆如饿虎"，意思是眼珠剔亮，大得像饿虎的眼睛一样。

另一位粉丝崔宗之，也说李白"双眸光照人"。寥寥数字，勾勒出了李白重要的外貌特征。

我绝对相信"眼睛是心灵的窗户"的名言。李白的眼睛大而亮，而且充满吞噬力，某种程度上反映出他内心世界的样子。

纯真而自然，沟通欲极强。

李白是一个既能动口，也能动手的人。

在创作上，他最爱 freestyle（即兴说唱），很多诗人靠技巧写作，他是靠一股气。

他走过很多地方，写过很多免费的"软文"。

他喜欢穿紫袍，带短刀，在道上有一定的知名度。

他交过很多朋友，大部分与他性格相投、惺惺相惜。

他最喜欢做的事情，是做一个无拘无束的酒鬼。

酒入愁肠，荡涤五脏六腑。

我相信，他体内也有一条黄河。

他小心翼翼地维护着河堤，让体内的黄河奔腾不息，又不至于决堤。

结果，他把一生过成了一篇酣畅淋漓的"爽文"。

李白是最没有官运的官迷，一直是局外人，行走在权力的边缘。

他给很多主事者写过自荐信，想入朝为官（在今天，他可以做求职网站的形象代言人）。

他跟玉真公主套过磁，走过后门。

他成功了，在皇宫待过一年多，面过圣，也颂过圣。

圣人亲切接见李白，
希望他写出更多好诗。

在世人眼中，那是他一生中的高光时刻。

因为就连唐玄宗本人，也纡尊降贵，变身服务员，亲自为他调羹。

只要说几句好听的，拍点马屁，他就可以继续待着，享受那份虚荣。

但他不想欺骗自己。

他的理想是做宰相，做帝师，而绝不是做皇帝的"高级陪玩"。

皇帝玩得起，他玩不起。

拒绝在官场腐化的李白，捧着自己的初心，走出长安，与官场决裂。

好不容易接近权力中心，就这么放弃，是不是有点可惜？

放弃才对，这才是真正的李白。

虽然壮志未酬，大才未尽其用，但之后的李白，人生才更加圆满，写出来的诗歌更圆浑。

他尤其爱的事，是冲破禁锢，浪在路上。

崇山峻岭、大江大河、绝壁瀑布、绿树青草、晴天阴雨、皓月繁星，都是他的下酒菜。

正因为他喜欢大自然，所以他的诗歌的最大特点，便是自然。

他有个小目标：找到神仙。

为什么他对超验世界那么痴迷？我想主要是因为他在人间找不到对话的人。

地球这个小地方，已经盛不下他的倾诉欲和想象力。

人生的最后时刻，他到了安徽，因为这是他的偶像谢朓称赏的地方。

这个选择，对他来说意味着回归精神的故乡。

浪漫结束，静默开启。

他与敬亭山完成了哲学级别的对望和对话。

他终于可以说一句："打完，收工。"

外表衰老、老眼昏花之际，在内心深处他还是一个少年。

他明白，这将是自己毕生流浪的结束。

我们不知道李白具体何时死亡，以及如何死亡。

时在乱世，儿子伯禽草草地埋葬了他。

他也没有一块像样的墓地，广大人民群众并没有意识到一位伟大的天才就此消逝。

他就像天空中的众多星星一样，燃烧殆尽，无声无息地陨落了。

1200 多年后，我们才明白，大唐少了李白，便少了气吞八荒的万丈豪情；中华少了李白，便失了流传千古的浪漫不羁。

这也是我要写李白，为他打 CALL（加油打气）的理由。

这样的人写的诗，读之诵之，可以洗心。

李白的内心戏之丰富，远超你我的想象。

如果让他来一段内心独白，他会说什么？

我脑补了下面这些文字——

很多人说我李白是凡尔赛文学的开山鼻祖。

我承认很多时候我都酷酷的，你们要忍受一下，习惯就好。

是的，别人眼中的宝，不过是我眼中的草。

我一直想掠夺人间最美好的东西，诗才、剑术、友情、仕途，当然也包括美酒。

为此，我身上伤痕累累。

一辈子确实太短，有很多事来不及做。

但我一直在攀爬，由于爬得太慢，太吃力，很多时候只好借助自己的想象力。

因为我知道，半山腰总是最挤的，就让我们在顶峰相见吧。

我先到为敬。

历史的囚徒

李白:

"瞧我那壮观的朋友圈!"

　　李白虽然极其清高傲然，但他的朋友圈很壮观，有人统计，出现在他诗里的朋友，总计达400人。

　　有不少是当时的道士、官员和大诗人，李白的朋友圈可谓典型的一等一的"大咖集中地"。

　　李白的人缘这么好，除了世人被他的才华吸引，还有其他原因吗？

　　当然是因他对朋友的真诚。

　　跟朋友在一起时，他曾天真地吟道，"李白与尔同死生"。

　　看，他把朋友都当成结拜兄弟了。

群聊名称	We are 伐木累（family）>
群二维码	>
群公告	>
备注	>
查找聊天内容	>
消息免打扰	

李白在旅途中认识了同样来自四川的吴指南，两人互相照顾，相谈甚欢。

结伴游历时，吴指南不幸身染重病而死，时年24岁的李白悲痛地为其守丧。即使曾有老虎逼近，李白也没畏惧逃走，后来他将吴指南安葬在洞庭湖边。几年后，他仍念念不忘这位昔日好友，专门将其迁葬到鄂城之东。

这件事情在当时口耳相传，很多人知道有一个诗坛新人叫李白，他是一个有情有义、古道热肠的人。

李白还给朋友写过一首这样的诗：

送友人

青山横北郭，白水绕东城。

此地一为别，孤蓬万里征。

浮云游子意，落日故人情。

挥手自兹去，萧萧班马鸣。

这是一首情意深长的送别诗，有人认为是在唐玄宗天宝六年（公元747年）时，李白于金陵（今南京）所作。

李白通过对送别场景的刻画、气氛的渲染，表达出友人间的依依惜别之意。

在送别故人李云的时候，他还写过一首佳作。很多人认为诗中表现出的才华，在李白诗里可排入前三。

宣州谢朓楼饯别校书叔云

弃我去者，昨日之日不可留；

乱我心者，今日之日多烦忧。

长风万里送秋雁，对此可以酣高楼。

蓬莱文章建安骨，中间小谢又清发。

俱怀逸兴壮思飞，欲上青天览明月。

抽刀断水水更流，举杯销愁愁更愁。

人生在世不称意，明朝散发弄扁舟。

唐玄宗天宝十二年（公元753年）的秋天，李白客居宣州不久，他的一位故人李云行至此地，很快又要离开，李白陪他登谢朓楼，设宴送行。

宣州谢朓楼是南齐诗人谢朓任宣城太守时所建，李白曾多次登临。李白要送行的李云是当时著名的古文家，任秘书省校书郎，负责校对图书。李白称他为"叔"，但二人应并非族亲关系。

这首诗更像一首歌的歌词，情感起伏涨落，韵味深长，一波三折。在情绪的抒发上，时而低沉，时而激越。读着读着，有种想唱歌的冲动。

下面，再记录一下李白与几位重要朋友的交往。

先说说孟浩然。孟夫子是今天的湖北襄阳人，比李白大12岁。他是山水田园诗派的代表人物之一，也是著名的隐士。

多年以来，孟夫子一直在襄阳的大山里，安贫乐道，与世无争。40岁那年，他对做官产生浓厚兴趣，决定下山去试一试。

那是唐开元十六年（公元728年）初，恰好李白也在湖北游历，在热干面和豆皮的故乡武汉（当时叫江夏），两人相遇了。

老孟长须飘飘，一副仙风道骨的模样，很多人都喜欢跟他在一起。

李白觉得在这个湖北人身上，有一种淡雅疏狂之气，此人胸怀之豁达是绝大多数人身上都没有的。

见到知己，当然要浮一大白。李白当即给孟浩然写了一首诗。

> ### 赠孟浩然
>
> 吾爱孟夫子，风流天下闻。
>
> 红颜弃轩冕，白首卧松云。
>
> 醉月频中圣，迷花不事君。
>
> 高山安可仰，徒此揖清芬。

在诗的第一句，李白就开宗明义，大胆示爱——我爱你哟，老孟！

在古诗里，这种写法是极其罕见的。可是，谁让他是李白呢?

这首诗不仅写成功了，还成了刷屏的爆款。

写完，接着喝。

李白与孟浩然一同寻仙访道、诗酒唱和。他们的神仙友谊，已经铭刻在历史上，而满地酒瓶，则是对他们友谊的生动注解。

让我们脑补一下，在孟浩然将要去扬州的那天，两个人相约在武汉的小酒馆里，推杯换盏，啃鸡翅，吃羊肉。

不知不觉，从下午喝到晚上。时间这东西，他们有的是，毕竟都是没有工作的人，不用"996"。

桌下的空酒瓶东倒西歪，眼看就无处下脚了。

李白说着说着，忽然开始抹眼泪，酒后的李白，容易感动自己。他又满怀深情，写下了著名的送别诗《送孟浩然之广陵》。

李白差不多是"一喝酒，就写诗"。这首名诗，后面的篇章有详细的解读，此处不再赘言。

李白和孟浩然在小酒馆里推杯换盏

汪伦对李白而言，是个意外结交的朋友。

汪伦是个普通人，属于不会写诗的圈外群众。但因为李白的一首诗，这个安徽人，在历史上留下了姓名。

赠汪伦

李白乘舟将欲行，忽闻岸上踏歌声。

桃花潭水深千尺，不及汪伦送我情。

为什么李白会创作出这样一首清新自然到骨子里的诗呢？说起来还有一段故事。

估计汪伦万万没想到，有生之年，他能有幸认识那个桀骜不驯的大诗人李白。

诗仙的故事，他听说过的数不胜数。在安徽泾县当县长的时候，汪伦经常参加各种诗会，李白永远是话题的中心。

几个文学爱好者说，他们在长安打工的时候见过李白，说诗仙长得很高大，眼角上挑，皮肤白皙，很有混血的感觉。还说诗仙不喜欢安静，总爱走来走去，跟人攀谈。酒壶一开，李白便是绝对的主角。

那些关于李白的传说，在街头巷尾越传越神。主要情节包括但不限于——

"第一太监"高力士为他脱过靴（据传李白有严重的脚气）；

唐玄宗召见他的时候有点失态，不仅主动迎上去跟他握手，还变身服务员，给他弄吃的（"降辇步迎……以七宝床赐食，御手调羹以饭之"）；

帝国重量级的女人杨玉环（本人也有点重），看到这么优秀的文艺中年，也忍不住跟他眉来眼去、暗送秋波……

够了够了，这些传说中描绘的李白，真让人嫉妒！

李白的诗句，汪伦大多都读过，其中一些篇章，他可以完整背诵。

可是，在那么多大诗人中，汪伦为什么偏爱李白？因为他自己就是一个有脾气、有态度的人，在生活中绝不委曲求全。

相传，汪伦是个官二代——他爹汪仁泰做过地方官，他亲大哥汪凤思当过安徽歙县县长。汪伦35岁时就任泾县县长，仕途被很多人看好。

不过，他有自己的问题，就是跟领导的关系一般，跟群众的关系太好。官场上岂能容忍这样的异类存在？一些官员就开始给上边写匿名信。

对此，汪伦没有申辩，不久就提交了辞职信，那时候他不过30多岁。信里大抵只有一句话，"世界那么大，我想回家睡觉"。从此，他不用在官场挣扎了。

这跟李白被迫离开宫廷的经历，何其相似？

两个人都是官场弃儿。

这位前任县长有更多的时间来看山水，读诗文，与朋友喝酒、唠嗑。

更多的时候，他独自在附近的桃花潭边散步，但他总觉

得生活里缺了点什么。对，他从来没有见过偶像李白，他心有不甘。

一天，他听说50多岁的李白从金陵到了当涂（在今安徽省），投奔叔父李阳冰。汪伦的内心，忽然萌生一股冲动——邀请李白来桃花潭。

可是李白不仅比自己大21岁，还是大唐的顶尖艺术家、超级网红，他会接受一介布衣的邀约吗？最终，汪伦想出一个妙计：把李白"骗"到泾县。

"我们泾县，有十里桃花，万家酒店……"在邀请信中汪伦这样写道。盛情难却，李白果然来了，满怀兴致。

可是，"十里桃花"只是水潭的名字，"万家酒店"只是因为酒店的老板姓万。李白写诗善夸张，汪伦更是吹牛专家!

不过，发现上当后，李白却一点也不生气。

美酒、美景，全是免费的，也难得有这么热情的粉丝。李白便在桃花潭畔开启了流连忘返的享乐生活。

贵宾待遇的生活结束后，李白乘船离开，没想到汪伦早安排好人在江边唱歌送行。李白老感动了，当即创作一首《赠汪伦》。

这是一个偶像和粉丝的故事。

汪伦花了点小钱，就让自己名留青史。

赚大发了。

李白

这辈子最感动的一天！

桃花潭

♡ 李阳冰，元丹丘，王昌龄，胡紫阳，玉真公主

李阳冰：差不多就回当涂吧，别贪玩！

李白 回复 李阳冰：好的，这就回来！

元丹丘：我们分别这么多次，也没见你这么感动！

高适：体制外的生活就是好，二十四小时 happy
（快乐）无禁区。

玉真公主：这是什么地方呀？风景好美！

李白 回复 玉真公主：这是桃花潭，明年桃花开
的时候请公主来！

司马承祯：失望！还修仙不？

李白 回复 司马承祯：修的，修的！先休息几天。

李白最值得一提的朋友，当然是杜甫。

文学意义上的盛唐，其实是由李白和杜甫的一辈子构成的。准确地说，是李白的前半生，以及杜甫的后半生。两位诗人最优秀的作品，有不少出自盛唐时期。

盛唐是什么样的呢？

流动性极其广泛，人们的视野空前开阔，精神需求得到极大的满足。

之后爆发的政治危机（安史之乱），令大唐急转直下，一蹶不振。

不过，李白和杜甫，都要感谢那个光怪陆离、苦难深重的世界。因为没有内心的坚持与挣扎，他们无法长成唐诗的两座巅峰。

相传李白和杜甫有过数次交集，杜甫写了 15 首诗给李白，而李白为杜甫所写的却极少。

为何一个有情，一个无意？

莫非李白写给杜甫的诗，都遗失了？

刚丢工作那会儿，李白与小自己 11 岁的杜甫结伴，一起走过好多地方，追寻那些模糊但美丽的传说。

闻一多评价他们的相遇为"青天里太阳和月亮走碰了头"。

李白和杜甫从开封出发，一路浪到山东地界，边寻仙边打猎。

杜甫每天都要写日记，记录自己与李大哥的片段，"醉眠秋共被，携手日同行"。

有一回，他们一起去寻访著名道士华盖君。听闻华老师已经病逝，诗仙和诗圣相拥，哭得稀里哗啦。

我们应该感谢杜甫，他的才华不在李白之下，却以李白铁粉的身份出现，温暖了李白一世。

杜甫写给李白的诗里，有不少金句，比如"冠盖满京华，斯人独憔悴""白也诗无敌，飘然思不群""笔落惊风雨，诗成泣鬼神""痛饮狂歌空度日，飞扬跋扈为谁雄"。

每一句诗，都代表杜甫的一片诚挚之心。

看遍杜甫的所有作品，再也没有这样高度评价一个人。

李白从杜甫的作品里，应该是找到了做大哥的感觉的。

这种感觉，很好，很甜。

李白流传下来的给杜甫的诗，有这样一首。

沙丘城下寄杜甫

我来竟何事，高卧沙丘城。

城边有古树，日夕连秋声。

鲁酒不可醉，齐歌空复情。

思君若汶水，浩荡寄南征。

这首诗写于唐玄宗天宝四年（公元745年）秋，当时李白44岁，正准备漫游天下。去年在洛阳，李白遇到了32岁却仍在彷徨的杜甫，便相约同游。后来，高适也加入其中。

不久，三人各奔前程，李白在鲁郡石门东送别杜甫。

在南游江东之前，李白曾暂住在沙丘城。因为怀念杜甫，写下上面这首诗寄赠。

谁说李白对杜甫薄情寡义的？只看诗中一句"思君若汶水"，便全然知晓。

还有一首诗，李白写得妙趣横生。

当时李白刚喝完酒，戴着斗笠去杜甫的菜地看了看。迎着夕阳，身披霞光，诗仙吟道——

戏赠杜甫

饭颗山头逢杜甫，顶戴笠子日卓午。

借问别来太瘦生，总为从前作诗苦。

好似李白对杜甫说道："兄弟啊，你看你都瘦得不像样子了，写诗别那么拼了！"

自此，两人拥抱作别，再未见面。

之后，杜甫真的将李白当成了精神上的寄托。

本来，他们的创作风格属于不同类型，李白写诗如倾泻而出，不可遏制，就像创作《庄子》和《离骚》；杜甫写诗反复推敲，总要千锤百炼才满意，就像书写《史记》和《左传》。

仔细一想，他们一个写大唐之盛，一个写大唐之衰，其实一同成就了几千年文学史上的最美"拼盘"。

李白跟杜甫一同饮酒

元丹丘与李白在四川初相识，就结为挚友。两人甚至曾一起在河南嵩山隐居。

说元丹丘是李白一生中最重要的交游人物之一，并不为过。重要到什么程度呢？

从唐玄宗开元十四年（公元726年）开始，到天宝六年（公元747年）后，共22年。其交往时间之长，纵观李白的朋友圈，几乎无人可比。

李白的文学创作与思想变化，均受到元丹丘较大的影响。

因为在李白眼里，元丹丘是长生不死的仙人，李白赠给元丹丘的诗，多达14首。

比如下面这首。

元丹丘歌

元丹丘，爱神仙，朝饮颍川之清流，
暮还嵩岑之紫烟，三十六峰长周旋。
长周旋，蹑星虹，身骑飞龙耳生风，
横河跨海与天通，我知尔游心无穷。

此诗以歌谣体，赞扬元丹丘爱神仙，又故意把他写成一个能骑龙升天、横河跨海的神仙，表达了李白对老友的美好祝愿，也表达了对老友的戏谑。

李白真心希望元丹丘像神仙一样自由快活。

在代表作《将进酒》中，李白也提及了元丹丘。

在仕途上，李白也得到了元丹丘的帮助。因为二人间的交情，李白结识了元丹丘的老师胡紫阳。

胡老师也是一方高人，不但道法高明，而且叱咤当地政坛，民间传说他与当时的袁天纲（隋末唐初玄学家、天文学家）是好朋友。胡紫阳去世后的墓志铭，就是由李白撰写的。

最重要的是，通过元丹丘，李白得以认识皇族的重要人物玉真公主，最终得以进入官廷。落魄的时候，李白还曾随元丹丘在深山修炼。

也就是说，李白不论是做官还是寻仙，都跟元丹丘有莫大的关系。

以诗代书答元丹丘

青鸟海上来，今朝发何处？

口衔云锦字，与我忽飞去。

鸟去凌紫烟，书留绮窗前。

开缄方一笑，乃是故人传。

故人深相勖，忆我劳心曲。

离居在咸阳，三见秦草绿。

置书双袂间，引领不暂闲。

长望杏难见，浮云横远山。

唐玄宗天宝三年（公元 744 年），元丹丘给李白写信，为他打气鼓励。于是，李白就写下以上这首诗，权作回信。

李白在创作这首诗的时候，已在京城长安拼搏了一段时间，内心矛盾、失落。是谁写来的信呢？打开一看，是元丹丘的，诗人由衷而笑。

老朋友在信中一方面勉励李白要克服困难，在京城站稳脚跟；另一方面也表达了自己的思念。

读着来信，诗人不禁想到这几年，芳草绿了又黄，黄了又绿。

几度春秋过去了，自己却不能和亲密好友相聚。

丹丘，俺想你 !!

李白还特别有老人缘，他与爷爷辈的贺知章交往的故事，也是一段美谈。

贺知章是个有福气的人，他 36 岁时考中状元，是浙江地区有记载以来的第一位状元。

他还是中国古代极其长寿的诗人之一，享年85岁，也就南宋的陆游可以和他一比。

他做了50年公务员，武则天、玄宗对他都不错。

也就是说，整个唐朝290年历史，贺知章接近历经其中的三分之一。

当朝宰相陆象先很喜欢贺知章的文风和谈吐，曾说："一天不见贺兄弟，就感觉了无生趣。"后来的宰相张说和张九龄，也对贺知章另眼相看。

贺知章最幸运的，是他完美避开了大唐最动荡的岁月，要知道，他离世11年后，才发生了可怕的安史之乱。

真是好事全有份，坏事一个也不沾。

李白遇到贺知章的时候，一个41岁，一个83岁。

贺知章接过李白的手稿《乌栖曲》和《蜀道难》，还没读完，就吃惊地站了起来。

那诗真的令人热血喷涌。

贺知章忍不住拉住李白的手："你是下凡的诗仙啊！"

从此，两人成了酒友，隔三岔五就要喝一场，直至两年后贺知章因病辞官回乡。

一次酒局上，贺知章干脆把身上的小金龟解下来，给老板当酒钱。那小金龟栩栩如生，是皇上特意赏赐的。但是，

贺老师为了招待李白，毫不犹豫地解下来交给店主。可见他对李白有多么重视。

●●●●●● **贺知章的金龟去哪儿了？** ●●●●●●

很多年后，李白还记得这段往事，专门写了一首诗来回忆——

对酒忆贺监

四明有狂客，风流贺季真。

长安一相见，呼我谪仙人。

昔好杯中物，今为松下尘。

金龟换酒处，却忆泪沾巾。

在贺知章眼里，李白就是大唐诗坛的未来，是注定要留在历史上的巨星。

与他交往，是一种荣誉和骄傲。

两位大诗人的相遇，真的是上天的一种眷顾。

在贺知章退休的时候，李白还专门写了一首诗为他送行。

送贺宾客归越

镜湖流水漾清波，狂客归舟逸兴多。

山阴道士如相见，应写黄庭换白鹅。

由于贺知章以道士的身份告老还乡，李白也尊崇道学，所以诗中没谈及官场，都围绕"逸兴多"展开。

贺知章为祖国工作了整整 50 年。但是，只有李白明白，老贺最喜欢的，并不是眼前的工作，而是梦中缥缈无依的仙境。

懂你的，只有我！

李白向白发苍苍的
贺知章讨教长寿的秘诀

长寿有什么秘决吗？

保持呼吸，不要断气！

在李白的朋友圈里，最后还要介绍一下孟少府。因为经他介绍，李白开始了自己的第一段婚姻。

那时候，富二代李白离开家乡好几年，仍然一事无成。说他不着急有一番事业，那是骗人的。

毕竟太过年轻，李白流连于扬州，花费无度，信用卡很快就被刷爆了（"不逾一年，散金三十余万"）。

李白的好朋友孟少府有点看不过去，对他说："小李，你也不小了，该考虑终身大事了！"

"这事……你是了解我的！"李白摇摇头回答。结婚的事，李白很少考虑，甚至有点抗拒。他觉得自己骨子里并不是一个适合结婚的人。

李白最爱的事情，是四处漫游，看景、写诗、交友。这三样，不仅花钱，更花时间。

试问世上有哪个女人，会爱上一个不回家的人？

这一次，李白有一点心动。他一般不相亲，但这次孟少府给他介绍的人，有点不一般，那个人是前宰相许圉师的孙女，住在安陆。正史上未见记载其具体名字，但民间流传，那个女孩叫许紫烟，听名字就很美。

"安陆？楚国吗？"李白很惊讶。

虽然古人的地理知识有限，但李白是个历史迷。在他的内心，最喜欢的是古代楚国。

他觉得，那是一个神奇的地方——楚国人有理想，会生活，还出了一个名叫屈原的伟大诗人，那是他的偶像之一。楚国人还爱巫术，信鬼神，更激发了他的探究欲。

对思维可以跨越古今、上天入地、无所不及的李白来讲，这太有吸引力了！不就是相个亲吗？不久，李白便入赘许家。

李白给孟少府写过《代寿山答孟少府移文书》，文章很长，大家如果感兴趣，可以找来看看。

这篇文章作于唐玄宗开元十五年（公元 727 年），当时李白初游安陆，与前宰相许圉师的孙女结婚，暂时定居下来，以安陆为中心四处漫游。

碰巧扬州孟少府来信，用批评寿山的口吻婉转地表达了对李白的批评，认为他不该沉湎于这个无名小地，应当有一番作为，提醒李白不要忘记自己的志向。

李白则以寿山的口吻，写了这篇文章以回应老朋友的批评。

这篇文章将寿山人格化，以游戏的口吻，代寿山答孟少府之批评，写寿山虽无名而奇伟秀丽，隐喻自己怀才不遇。

同时文中也重申了自己高远的理想，即"申管晏之谈，谋帝王之术""使寰区大定，海县清一"。

李白的意思，其实是想说："我也想出来工作，你倒是给我介绍啊！"

帮李白完成遗愿的人

番外篇

公元817年，李白去世已50余年，有一个叫范传正的官员正好在安徽任职。

他的父亲范伦与李白是好友，有诗为证，"入门高兴发，侍立小童清"。两人曾一起喝酒。

经过一番寻找，范传正发现李白的两个孙女嫁给了当涂县平民。

李白死后葬在当涂的龙山东麓，范传正决定将其迁葬至附近的青山，因为那是李白的偶像谢朓生前读书的地方。

李白曾表达了这一心愿，"悦谢家青山"。

如果李白泉下有知，应该能感到欣慰了。

脑补大剧场

< 聊天信息（400）

 李白 贺知章 孟浩然 高力士 平阳 伯禽

 杜甫 元丹丘 司马承祯 玉真公主 永王李璘 郭子仪

 赵蕤 吴指南 高适 宋之悌 宋若思 张垍

 王昌龄 唐玄宗 杨贵妃 吴筠 李阳冰 宗氏

查看更多群成员 >

群聊名称	We are 伐木累（family）>
群二维码	>
群公告	>
备注	>
查找聊天内容	>
消息免打扰	

李白壮观的朋友圈

We are 伐木累（family）（400）

唐玄宗

> 李爱卿，听说你的诗词里，有名有姓的人有 400 位，其中不少是好朋友？

李白

> 皇上也玩大数据吗？

唐玄宗

李白

> 我的盘古！！！一介草民的普通生活，有什么好羡慕的……

贺知章

> 皇上，您的朋友也不少啊，而且想有多少，就有多少！

唐玄宗

> 那是你想象的，事实上……

唐玄宗

> 安禄山那家伙造反后，朕才发现自己没朋友。

高力士

> 皇上，我不是吗？

李林甫

皇上，我不是吗？

杨国忠

皇上，我不是吗？

唐玄宗

看到没？朕身边只有应声虫。

玉真公主

皇兄加油！！！皇兄挺住！！！

吴筠

皇上没朋友，是为了让大家都有朋友！

司马承祯

老吴，不愧是学道之人，你这话说得太有哲理了。

一句话知识点

安史之乱之前和之后，唐玄宗的遭遇真是一个天上、一个地下，从被万人捧到遭万人骂。经历过重大变故，他才知晓自己是真正的孤家寡人。

吴筠算是唐玄宗的好朋友，是个道士，能看透世事。在李白入宫这件事上，他也是穿针引线的关键人物。

李林甫、杨国忠是臭名昭著的坏蛋，他们不能算唐玄宗的朋友。

We are 伐木累（family）（400）

李白

> 其实很多人都拒绝做我的朋友！
> @ 韩朝宗 @ 张镐 @ 张垍

 韩朝宗

> 不好意思，当初投简历的人太多了……

 张镐

> 不好意思，当时我在出差，没看到你的简历……

 张垍

> 在皇上面前说你坏话，我不后悔！

 张垍

> @ 李白 你确实不适合当官！

李白

你真狠

 张垍

> 可是你应该感谢我！ @ 李白

李林甫

我没听错吧？张垍马！

张垍

如果不是我提醒皇上，把李白赶出皇宫，那他还能自强，写出那么多名诗吗？

贺知章

@ 张垍 强盗逻辑 !!

玉真公主

把小人告状描述得这么清丽脱俗。

元丹丘

把小人告状描述得这么清丽脱俗。

张垍

你看，又生气了

一句话知识点

　　李白给韩朝宗、张镐写过自荐诗，但都没有下文。李白只好通过道友们接近宫廷。

　　张垍是当朝驸马，是前宰相张说之子，玄宗一度想让他当宰相，可见他在朝中极有发言权。就是这个人，当玄宗想任命李白为中书舍人的时候，一个劲在那里说李白的坏话，不久李白就失业了。

We are 伐木累（family）（400）

李白

不开心的事就不说了，今天晚上谁有空？一起喝酒啊！

李白

艾瑞巴蒂

 杜甫

 贺知章

 孟浩然

 宋若思

 孟浩然

喝完酒，再去唱个歌！！

 元丹丘

你们唱歌怎么能不叫我？

李白

元丹丘

李白

说到唱歌，最近学了一首！

李白

12" 〉〉〉

看时光飞逝，我祈祷明天，每个小小梦想能够慢慢地实现，我是如此平凡，却又如此幸运，我要说声谢谢你，在我生命中的每一天！

杜甫

白哥，别唱了！

杜甫

别人唱歌是要钱，你唱歌要命！

李白

信不信 你将是历史上
第一个被拖鞋打死的人

贺知章

@李白 讲真的，你身上的紫袍，有多久没洗了？

李白

我家里有十多件紫袍好不好！！

一句话知识点

　　李白很喜欢约朋友一起喝酒，喝完喜欢鼓腹而歌。

　　李白酷爱穿紫袍，而且家里有很多件，于是有人误会他很邋遢，总是穿同一件衣服。

当年的"寻仙三驾马车"李白、杜甫和高适也拉了个小群

寻仙三驾马车（3）

高适

当年我们一起旅游，真的好爽！

杜甫

能和白哥一起寻仙，是我一生最快乐的事！

高适

你们这对 CP，都盖一床被子了！

 高适

如果爱情有颜色，那一定是白色……

 高适

糟了
是心动的感觉

 高适

笑容逐渐缺德

李白

声明一下，我谈过四次恋爱，结过两次婚，是典型的直男！

 杜甫

换个话题，为什么白哥落难的时候，你不管不问？ @高适

 杜甫

说好的友情呢？！

 高适

求助信我是收到了，可那时很多人盯着我……

 高适
> 如果我站出来说情，很容易就被归到永王的犯罪团伙了。

 杜甫
> 别说了！

 杜甫

再见 表面兄弟

李白
> 那段飞鹰逐兔、烈酒红尘的友情啊，终于结束了！😭😭😭

 高适
> 永王一看就是 loser（失败者），你还跟着他混！ @李白

李白
> 他也是皇子啊，连续给我写了三封鸡毛信，邀我加盟啊！

李白
> 谁知道他会以光速惨败？！

 高适
> 如果不是你有自首情节，谁也救不了你……

高适

就算郭元帅出马，也无力回天！！

杜甫

你们俩的友情，完全是李家宫斗的牺牲品！😷

一句话知识点

　　李白从军永王没多久，永王就败北了。李白主动自首，被投入监狱。

　　当时主管这个案件的刚好是高适，但高适为了自己的前途考虑，有意避开。

　　幸亏当时的左仆射兼天下兵马副元帅郭子仪替李白说话，加上宋之悌之子宋若思等人极力营救，李白才转危为安。

　　宋若思还让李白在幕府中待了几个月，每天好吃好喝款待。

● ● ● ● ● ● ● ▶ **李白与好朋友孟少府，也有过单聊** ● ● ● ● ● ● ●

孟少府

孟少府

阿白，最近终身大事怎么样了？倔强式单身可要不得啊！

李白

别提了，刚发了一张照片给喜欢的女孩看……

 孟少府

然后呢?

李白

然后，她马上发了朋友圈。

李白

还说是她男朋友拍的!

李白

气得我直接拉黑了她!!

 孟少府

……

李白

明明是我拍的嘛!

 孟少府

活该你快 30 岁了还单身!!

 孟少府

对方不想和你说话
并向你扔了一个锅

孟少府

难怪你不会写爱情诗！！

孟少府

月老给你绑的是钢丝，都被你用老虎钳剪断了！

李白

孟少府

这次再给你介绍一个美女！

李白

不要！！

孟少府

她还挺有才！

李白

不要！！

孟少府

她爷爷以前是宰相！！

李白

不……不要骗我！！先接触接触？😍😍😍

孟少府

不过，她家希望女婿能上门……

037

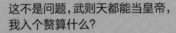

李白

这不是问题，武则天都能当皇帝，我入个赘算什么？

孟少府

一句话知识点

在所有朋友里，对李白的终身大事最关心的，就数孟少府了。所以，他们私下也有很多话题可聊。

最后，孟少府终于促成了李白的第一段婚姻，对方是前宰相许圉师的孙女许氏。许氏的曾祖父许绍与唐朝开国皇帝李渊是同学。

不过，李白最终是入赘湖北安陆许家。唐代知识分子很少这样，说明李白还是很看重许家的各种资源的。

蒙蒙问爸爸

蒙蒙：为什么李白朋友那么多？

爸爸：因为他有才华又真诚。

蒙蒙：为什么总有人害他？

爸爸：有的人嫉妒他，有的人坏心眼多。

蒙蒙：那什么是成功？

爸爸：成功不是看他能左右多少人，而是看有多少人在他的左右。

2

> "地球这小地方，
> 盛不下我的想象力。"
>
> ——李白的寻仙诗

很多人想都不敢想的"仙境"，李白一生徜徉其中无数次。可是当他蓦然回首，一切皆幻梦。

就因为老道士司马承祯的一句"有仙风道骨，可与神游八极之表"的奉承，李白为之付出了毕生心力。

从"仰天大笑出门去，我辈岂是蓬蒿人"到"安能摧眉折腰事权贵，使我不得开心颜"，李白沉浮其间，不得将息。

李白必须在压抑的现实中，偷偷辟一条寻仙小道，不然那种郁闷凝滞，会让他发疯。借此李白也创作出了无数首寻仙诗。

群聊名称	今天想上天 >
群二维码	>
群公告	>
备注	>
查找聊天内容	>
消息免打扰	

李白活了61年,终其一生,他都是一位疯狂的寻仙爱好者。

在他流传下来的近1000首诗中，有100多首与道教神仙信仰有关。

这里要介绍一个重要的历史背景，唐朝皇帝姓李，以老子（李耳）的后裔自居，所以道教在唐朝享有很高的地位，在当时信奉道教甚至成为一种时尚。

皇室成员信教，达官贵人信教，普通大众更是趋之若鹜。以李白为代表的文人墨客，对道教当然也是爱得要命。

所有对寻仙感兴趣的人，另成一个世界，另有一种趣味。

其实，求仙与隐居、写诗、参加科举一样，是读书人进入朝堂的主要途径之一。

事实上，李白得以见到终级大Boss（老板）唐玄宗以及他的爱人杨贵妃，首先要归功于元丹丘、吴筠、玉真公主等道友的举荐。

也就是说，在求仙这件事上，李白是尝到过甜头的。所以，难怪他对寻仙访道如此狂热。狂热的表现之一，便是像疯了一样赞美仙境，有诗为证：

庐山遥寄卢侍御虚舟

我本楚狂人，凤歌笑孔丘。

手持绿玉杖，朝别黄鹤楼。

五岳寻仙不辞远，一生好入名山游。

庐山秀出南斗傍，屏风九叠云锦张，影落明湖青黛光。

·············

遥见仙人彩云里，手把芙蓉朝玉京。

先期汗漫九垓上，愿接卢敖游太清。

写下这首诗的时候，李白已经 59 岁，从夜郎遇赦归来。惊魂未定之时，他难以遗忘的，还是仙境的逍遥。

出世还是入世，信教还是踏上仕途，就像两股真气，一直在他体内搏斗。他的内心，纠结不定，满是矛盾。

李白本该超脱于尘世之外，却怀有强烈的政治抱负。

李白渴望辅佐皇帝，建功立业，再"事了拂衣去"。

然而，在一次又一次的惨败中，他不得不接受残酷的现实。

玉真公主在她的
别墅大宴宾客

看你写的寻仙诗很精彩，怎样才能出入仙境？

喝足够多的酒。

跌跌撞撞间，李白的两大人生理想——"富贵与神仙"，终成他人生中难以实现的两大遗憾。

长歌行

桃李待日开，荣华照当年。

东风动百物，草木尽欲言。

枯枝无丑叶，涸水吐清泉。

大力运天地，羲和无停鞭。

功名不早著，竹帛将何宣？

桃李务青春，谁能贳白日。

富贵与神仙，蹉跎成两失。

金石犹销铄，风霜无久质。

畏落日月后，强欢歌与酒。

秋霜不惜人，倏忽侵蒲柳。

此诗写于唐玄宗天宝三年（公元744年），也就是李白首次从政被赶出朝廷那年。

彼时彷徨的李白，发出了低沉的呐喊，那声音之低沉，只有他自己听得到。

"富贵与神仙"，两者不可能兼得。这大概是李白一生的写照，他终日忙碌，妄想鱼与熊掌兼得。

结果，鱼没吃到，脑袋还被熊掌重重地拍击。

很多诗人都写神仙，李白尤其不同凡响，大抵是因为他更加真诚，也更加勇敢。

李白讨厌儒家的形式主义和各种拘束，更喜欢道教的自然生长、无为而治。

李白的精神导师之一，是战国时期的思想家、文学家庄子。庄子是道家学派的代表人物之一，在历史上以天马行空、离经叛道而出名。

庄子的这一特质刚好长在李白的审美点上。表现之一，便是李白从少年到老年，总爱以大鹏自比。这无疑是李白受庄子的刷屏爽文《逍遥游》影响的结果。

李白还爱将神仙生活植入现实生活中。

古朗月行（节选）

小时不识月，呼作白玉盘。

又疑瑶台镜，飞在青云端。

仙人垂两足，桂树何团团？

白兔捣药成，问言与谁餐？

蟾蜍蚀圆影，大明夜已残。

羿昔落九乌，天人清且安。

这首诗是李白少有的政治讽刺诗。大家知道，历史上会舞文弄墨的人，总喜欢抨击社会现实。表现突出者，如杜甫、白居易，还有后世的苏东坡。

李白很少写政治讽刺诗。他的诗如果触及现实，总是夹杂大篇幅的幻景描写。

如果没有一定的水准，根本看不出李白在隐晦婉转抒发胸臆的背后，一直在坚持自己的政治倾向和个人好恶。不过，

李白也怕被人抓住小辫子。

在李白创作这首诗时，唐玄宗已对做皇帝心生厌烦。唐玄宗只喜欢声色犬马，与杨贵妃日日流连华清池。

大臣、宦官和边将，则抢着弄权，国家已经千疮百孔，满目疮痍。

最可怕的还不止如此。估计觉得还不够败家，玄宗和贵妃还在身边养了一只"巨虎"，名叫安禄山。这是个阴险的人，唐朝气运被拦腰斩断主要拜其所赐。

当时，胖子安禄山在北方磨刀霍霍，声音清晰可闻，唐玄宗仍然像没听见一样。大唐由此正式进入由盛而衰的敏感转折期。这是黑暗前的光明，混乱前的有序。

这首《古朗月行》中的"蟾蜍蚀圆影，大明夜已残"，便是在暗喻国家已陷于危险境地，领导人却昏庸无能不自知。

清代诗人沈德潜说，这尤其是在暗指"贵妃能惑主听"（《唐诗别裁》）。

当初心甘情愿给杨贵妃写软文的李白，心里的不满在疯长。

当初的《清平调》虽然让李白迎来人生的巅峰时刻，但据说也因这组诗，高力士在杨贵妃那儿进了谗言，称李白将贵妃比作西汉恶毒的女舞蹈家赵飞燕。

贵妃果然生气了，并将这一信息传递给唐玄宗，李白的仕途就此被扼杀。

访道寻仙，是道士们生活中至为重要的一部分。

李白爱在经纬线上跳来跳去。他历经两次长时间的漫游。第一次是在25岁左右，他内心压倒性的声音是从政；第二次漫游时已经45岁左右，他背负的压倒性的任务，则变成了寻仙。

徜徉山水间，又能寻神仙，他简直太高兴了。

感兴六首（节选）

十五游神仙，仙游未曾歇。

吹笙坐松风，泛瑟窥海月。

西山玉童子，使我炼金骨。

欲逐黄鹤飞，相呼向蓬阙。

西国有美女，结楼青云端。

蛾眉艳晓月，一笑倾城欢。

高节不可夺，炯心如凝丹。

常恐彩色晚，不为人所观。

安得配君子，共乘双飞鸾。

《感兴六首》篇幅很长，这里只做一个节选。

大家只需知道，李白早在15岁的时候（也就相当于我们读初三时），就有志于学道，对仙界充满了浓厚的兴趣。

李白这么自夸，有事实做依据，吹牛的成分很少。

后来李白离开长安，终于在齐州紫极宫成了一名正式的有编制的道士。转正的"待遇"之一，就是他在死后能入仙班。李白为此欣喜不已。

李白爱做有关仙界的梦，一个比一个华丽，一个比一个奇绝。似乎只有那样，他才能从令人窒息的现实中，暂时解脱出来。

> ### 西岳云台歌送丹丘子（节选）
>
> 明星玉女备洒扫，麻姑搔背指爪轻。
>
> 我皇手把天地户，丹丘谈天与天语。
>
> 九重出入生光辉，东来蓬莱复西归。
>
> 玉浆倘惠故人饮，骑二茅龙上天飞。

看看，李白写得多么活灵活现——传说中的华山仙子，动作慌乱，为他"洒扫"庭院；而手如鸟爪的"麻姑"，为他"搔背"时，下爪竟那样轻灵。

原来互不相关的神话传说，经李白信手拈来，便绚烂相映、境界顿生。

接下来，李白变得更傲然了。他穿上绚烂多彩的五色裘衣，想象有很多神仙为他打 CALL。

酬殷明佐见赠五云裘歌（节选）

我吟谢朓诗上语，朔风飒飒吹飞雨。

谢朓已没青山空，后来继之有殷公。

粉图珍裘五云色，晔如晴天散彩虹。

文章彪炳光陆离，应是素娥玉女之所为。

·············

群仙长叹惊此物，千崖万岭相萦郁。

身骑白鹿行飘摇，手翳紫芝笑披拂。

穿上这件裘衣，别说一般王公贵人，就连神仙也个个自愧不如，他们远远地观赏着、感叹着，挤满了千崖万岭。

作为人类有史以来最浪漫的文字大师（没有之一），地球已经完全限制不住李白的想象力了。

这正是李白的天真可爱之处。

肉体尚在人世受苦，深一脚浅一脚，吃了这顿没下顿，精神层面已经超然物外，诗仙俨然成为“神仙俱乐部”的 VIP 会员了。

现在我终于明白，为什么会有人说，在李白的诗歌里有一众神仙浩浩荡荡，任他调遣。

所以，是不是也可以称李白为诗坛的"精神首富"？

• • • • 李白向老道士司马承祯虚心请教 • • • •

为什么修道的时候，我总是会通宵失眠？

那就学我，多买点安眠药，睡醒就吃一颗。

安眠药

眠药 安眠药

安眠药

李白十分，极其，特别爱炼丹。

什么是丹？就是以硫化汞的丹砂为基础，搀杂其他矿石粉末，用火炼出来的东西。

在诸多诗句里，李白都表达了他在火炉边的畅快与兴奋。

登敬亭山南望怀古，赠窦主簿

敬亭一回首，目尽天南端。

仙者五六人，常闻此游盘。

溪流琴高水，石耸麻姑坛。

白龙降陵阳，黄鹤呼子安。

羽化骑日月，云行翼鸳鸾。

下视宇宙间，四溟皆波澜。

汰绝目下事，从之复何难？

百岁落半途，前期浩漫漫。

强食不成味，清晨起长叹。

愿随子明去，炼火烧金丹。

为了成为真正的道士，李白一直坚持吃菖蒲。这种植物的根茎毒性较大，大量服用时，会让人产生强烈的幻觉。

很多人可能会问，这不是现在的毒品吗？因为古代医学不发达，所以很多植物都被直接拿来充当药物，起到止痛、助眠等效果。李白还服用过著名的红色神果朱实。

这些，都是他想早日跨入仙界的证据。

在另一首寻仙诗中，李白很焦急地想要求仙的结果。

> **游泰山六首（节选）**
>
> 银台出倒景，白浪翻长鲸。
>
> 安得不死药，高飞向蓬瀛？
>
>
> 日观东北倾，两崖夹双石。
>
> 海水落眼前，天光遥空碧。
>
> 千峰争攒聚，万壑绝凌历。

这组诗写于公元 742 年，当时诗仙跑到泰山旅游。

灵感这东西说来就来，没有理由，李白铺开稿纸，一口气连写六首。看得出诗仙李白对泰山的感情之深，可谓坚定而浪漫，深沉又博大。

读罢此诗，真的很想问李白，您老人家是有多讨厌这人世间啊？为何总想向嫦娥姐姐学习，飘升奔月？

这组诗应该是给李白带来福气的作品。他于当年四月写下此诗，不久后忽然接到入京的诏书。也就是在那时，他写下"仰天大笑出门去，我辈岂是蓬蒿人"的名句。

当然，在李白所有的寻仙诗中，最神的当数下面这首。中学时期，这首诗曾让我背得很苦，很不巧，这首诗还很长。

现在略微温习一下，我仍然可以背个八九不离十。因为这是李白为自己营造的最向往的仙境，文字优美，想象神奇，这里做一个全文展示：

梦游天姥吟留别

海客谈瀛洲，烟涛微茫信难求；

越人语天姥，云霞明灭或可睹。

天姥连天向天横，势拔五岳掩赤城。

天台四万八千丈，对此欲倒东南倾。

我欲因之梦吴越，一夜飞度镜湖月。

湖月照我影，送我至剡溪。

谢公宿处今尚在，渌水荡漾清猿啼。

脚著谢公屐，身登青云梯。

半壁见海日，空中闻天鸡。

千岩万转路不定，迷花倚石忽已暝。

熊咆龙吟殷岩泉，栗深林兮惊层巅。

云青青兮欲雨，水澹澹兮生烟。

列缺霹雳，丘峦崩摧。

洞天石扉，訇然中开。

青冥浩荡不见底，日月照耀金银台。

霓为衣兮风为马，云之君兮纷纷而来下。

虎鼓瑟兮鸾回车，仙之人兮列如麻。

忽魂悸以魄动，恍惊起而长嗟。

惟觉时之枕席，失向来之烟霞。

世间行乐亦如此，古来万事东流水。

别君去兮何时还？且放白鹿青崖间，须行即骑访名山。

安能摧眉折腰事权贵，使我不得开心颜？

这首记梦诗变化莫测，缤纷多彩，被称为李白最牛气的名作之一。创作这首诗的直接原因，还是失落，极度的失落。

唐玄宗天宝三年（公元 744 年），李白依然不适应官场生活，因为说了不该说的话，做了不该做的事，被权贵们排挤，他上书请还。自此，他"由布衣而卿相"的人生理想就破灭了。

第二年，李白由东鲁（今山东）往南旅游，写下这首梦游诗，赠给在东鲁的朋友。

当时，他曾在东鲁的家中居住过一段时间。

虽然天伦之乐可贵，小家温馨，但是这仍然不能牵绊住李白。因为他有一颗躁动的心，隔段时间就会发作起来，让他情不自禁地就迈开双腿，往外奔走。

李白
活捉仙人一个！

♡ 司马承祯，玉真公主，胡紫阳，吴筠，卢藏用，
唐玄宗，宗氏，杨贵妃，高力士

司马承祯：你就不能安静点吗？

唐玄宗：李爱卿，你又喝多了吗？

胡紫阳：扰人清修，烦人！

孟浩然：阿白又月半了。

宗氏：你到底什么时候回家？

李白 回复 宗氏：大约在冬季！

李白年少的时候，曾与"逸人"东岩子（著名道士）到岷山隐居过几年。从东岩子开始，李白结交了很多求仙学道的朋友，比如司马承祯、元丹丘。

亲近自然，已经深深融入李白的血脉，刻在他的神经里。不仅对大自然，李白对朋友（甚至陌生人）也会交付一片真心。

因为至纯至性，所以即使是李白的梦境，也出奇地绚烂多姿，真实可感，绝不做作。

李白，堪称古今通灵境界第一人。

李白是写山水的高手，写出来的诗文，带给人的享受又超越眼前的山水。也就是说，山水神仙，难解难分。

遇到挫折，李白会第一时间奔向大自然，向神仙们倾诉。

行路难·其二

大道如青天，我独不得出。

羞逐长安社中儿，赤鸡白狗赌梨栗。

弹剑作歌奏苦声，曳裾王门不称情。

淮阴市井笑韩信，汉朝公卿忌贾生。

君不见昔时燕家重郭隗，拥篲折节无嫌猜。

剧辛乐毅感恩分，输肝剖胆效英才。

昭王白骨萦蔓草，谁人更扫黄金台？

行路难，归去来！

在这首诗里，李白发出了一个"天问"：为什么人生道路如此宽广，唯独我没有出路？

不得不说，诗仙遣词造句的能力，结合完全自由的形式，作出的诗简直浑然天成。读其作品，内心能感受到强烈的美感。

为什么会有这种美感呢？答案是，个人的生命是渺小的，但是当他真诚地将自己融入宇宙、使自己回归自然，那他就会毫不费力地创作出一首首像神一样的作品。

我总喜欢说，李白是盛唐的形象代言人，因为他是唯一将时代气质集于一身的人，青春、浪漫、绮丽、骄傲、洒脱……甚至还有点"不靠谱"。

这样的李白，大家是学不来的。因为时代完全不同了，天赋也是一种玄幻莫测的东西。

我们一生都应该学习的，是他的想象力。如果学不到，我们至少应该有点书卷气；就算没有书卷气，我们也该有直

面自己内心的勇气。

少年李白和东岩子一起隐居在大山中，有天下雪，两人聊天。

· · · · 李白向东岩子袒露了自己的苦恼 · · · ·

只有这样隐居才能修仙吗？还不如坐牢。

至少没人来打你。

脑 补 大 剧 场

今天想上天（21）

李白

> 群里有人吗？没有的话，我待会儿再发红包。

 赵蕤

 王昌龄

 孟浩然

 贺知章

 杜甫

李白

> 太好了，一大早感受到大家的热情！

杜甫

> 白哥，到底发不发红包？

贺知章

> 脸刚洗了一半……

李白

> 大家先聊会儿再说！👓

李白

> 讲真，这个群名蛮好，为群主打 CALL!!

吴指南

> 是吗？我怎么觉得有点欠揍……

杜甫

> 对啊，地上的事情都没搞清楚，上什么天？

元丹丘

> 最近似有所悟，感觉飞升有望。

李白

> 有所悟是因为有仙女提示关键词吗？
> 😎😎😎

元丹丘
严肃点！

 元丹丘
仙女听了想打人

一句话知识点

李白一生最好的寻仙伙伴是元丹丘，两人还曾在一起隐居。

· · · · · · · · 微信对话继续 · · · · · · · ·

今天想上天（21）

 杜甫
白哥，寻仙这事有点蹊跷。

 杜甫
那次我们找了好几个月，连根仙人的头发都没找到……

李白
阿杜，没找到不代表没有。

杜甫

可是朋友圈里，一直有人在传不好的消息。

杜甫

昨天修仙死了一个

杜甫

老哥，你怎么看？@高适

高适

群里人多，我先观察一下。

李白

说过多少次了，寻仙首先要信仙！@杜甫

杜甫

好的，白哥！

宗氏

下次上山修仙，记得带上我！

李白

走起！

杜甫

没想到嫂子也是寻仙爱好者。

李白

> 说起女道友，忽然想起一个人……

"李白"邀请"玉真公主（持盈法师）"加入了群聊

 孟浩然

> 公主我加你了，请通过一下！

 贺知章

> 公主我加你了，请通过一下！

 高适

> 公主我加你了，请通过一下！

 王昌龄

> 还有我，久仰公主大名！

 司马承祯

> 什么时候能有一张公主派对的门票？

李白

李白

> 公主一定要注意安全呀，他们均是庸俗的中老年男人。

一句话知识点

杜甫和高适曾经陪李白在河南、河北、山东一带寻仙，但最终都毫无所获，但"李杜"的这次相聚，堪称中国诗歌史上最值得记载的盛事之一。

高适最初是个loser，后来他抓住机会成功上位，成为唐朝唯一封侯的诗人。在现实中，他是一个沉稳有心机的人。他的金句"莫愁前路无知己，天下谁人不识君"温暖了众生。

李白的夫人宗氏也是一名道教徒，她甚至与宰相李林甫的女儿李腾空一起修过仙。所以在这一点上，李白两口子有很多共同语言。

玉真公主号"持盈"，是武则天的孙女、唐玄宗的妹妹。出家后，她曾提出自愿削去公主名号，不再收受百姓之租赋，但唐玄宗没有答应。她经常在终南山别墅里举办大型聚会，十分热闹。

● ● ● ● ● ● ● 微信对话继续 ● ● ● ● ● ● ●

今天想上天（22）

孟浩然

> 说个轻松的话题吧……

孟浩然

> 我发现，一个人过得开心，无非是有以下几个原因：非常有钱、情场得意、长得好看、得到认可、事业成功……

孟浩然

老弟，你主要靠什么？ @李白

李白

我主要靠心大！

李白

哦不，我主要靠寻仙的强大信念！

 玉真公主（持盈法师）

可是有人跟我说，你不是真的信教，是想另辟蹊径进入朝廷做官？

 高力士

这问题问到点子上了！

 杨贵妃

玉真今天的问题好犀利！

 玉真公主

@李白 快跟我说"求放过"！

李白

这是要打群架吗？群里的正能量哪儿去了？

李白

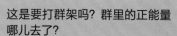

我觉得这样有失公正

 宗氏

老公，我们回家好好生活，不陪他们玩了。

李白

老婆，我还有好多地方没去过呢！

 伯禽

爸爸还要去哪儿？同学们都笑我是留守儿童了！

李白

大人的事，小孩子不懂。

 杜甫

白哥，下一站到底去哪儿？

李白

浙江天姥山！

 元丹丘

那确实是修仙的好地方！

 司马承祯

我欲修仙
法力无边

李白

谢谢司马老师支持！

 司马承祯

去吧！如果知道要去哪儿，全世界都会为你让路！

一句话知识点

孟浩然是唐朝最著名的山水田园诗人之一，也是李白的好大哥，以性格随和著称。

有道教中人将李白推荐给玄宗的妹妹玉真公主，从而让诗仙有了进宫的机会。

李白进宫后，受到谗言之害，才一年多时间就被"赐金放还"。

李白最亏欠的人无疑是家中妻小，因为他永远在路上，无暇顾家。

关于浙江的天姥山，李白写出了惊世骇俗的、中小学生必背的《梦游天姥吟留别》。

● ● ● ● ● ● ● ● **微信对话继续** ● ● ● ● ● ● ● ●

今天想上天（22）

吴指南

> 兄弟，最近梦见我没有？

李白

> 没有没有！

要是梦到你那真是见鬼

吴指南

李白

开个玩笑！

李白

失业这么久，我的注意力都在求职上，连做梦的时间都没有……

卢藏用

小伙子，知道什么叫炒作吗？

卢藏用

学着点，看我怎么引起皇上注意的！@ 李白

司马承祯

随驾隐士，别来无恙啊？

卢藏用

李白

卢老师，您一隐居就是好几年，我学不来啊！

孟浩然

白老弟，白老弟！

孟浩然

隐居这事，我是专业的！

李白

你那种隐居，也不适合我！

李白

理想还没实现，我不甘心。

李白

@ 孟浩然 你知道的，我的偶像是管仲、乐毅，我要当宰相，不要当吉祥物……

 高力士

看到这里我笑了。

 李林甫

看到这里我笑了 +1。

 杨国忠

看到这里我笑了 +1。

 高力士

你只是个"官场小白"！

 卢藏用

@ 李白 丢人了吧？劝你一心修道，你总想着做官……

 元丹丘

要不还是蒜了吧

李白

我知道，修仙必须断舍离！

李白

心里总是有点放不下……

 一句话知识点

卢藏用号称"随驾隐士",皇帝在长安,他就住在终南山;皇帝到洛阳,他就迁到嵩山。

卢藏用可谓历史上"假隐居"引起大领导注意的典型。他在长安、洛阳之间几度折腾,最后被任命为左拾遗。这个岗位只是从八品,却是皇帝近臣,可谓一步登天。

孟浩然一生没有做官,对李白遭遇的理解并没有那么深。

李林甫、杨国忠都是大奸臣。

李白仕途失败,是元丹丘用修道来安慰的。

•••••• 唐玄宗也建了一个聊天群 ••••••

宫内宫外(11)

"唐玄宗"拍了拍"李白"

唐玄宗

李爱卿,你觉得宫里的环境如何?

李白

君王虽爱娥眉好,无奈宫中妒杀人。

唐玄宗

什么意思？

李白

意思是皇上很好，但身边坏人太多。

"高力士"撤回了一条消息

 唐玄宗

刚刚说什么了？

 高力士

皇上，对不起，刚才是句脏话！

 高力士

好想口吐芬芳

李白

坏人就像苍蝇一样，嗡嗡嗡，
嗡嗡嗡……

 唐玄宗

夸张了吧，朕倒觉得秩序井然，
君贤臣忠！

李白

皇上，那就再给我一次机会……

 唐玄宗

要适应环境，这方面你要向 @贺知章
学习，他可是官场锦鲤……

李白

再给我一次机会！

 唐玄宗

够了!! 皇宫是菜园吗？想来就来，想走就走？

 唐玄宗

当初要不是玉真和司马承祯天天推荐，朕怎么可能见你这闲杂人等！

李白

事情怎么会发展成这样

 唐玄宗

大家都散了吧，这届群众总体优秀，但还有改进空间。

 唐玄宗

今天工作不努力，明天努力找工作！

 高力士

皇上说得真好！

 高力士

尤其要多传播大唐正能量！

李白

有某些坏人在，蒙蔽圣听，大唐有什么正能量可言？！

高力士

居然敢污蔑朝廷，你等着，我已经截屏了！

高力士

我看你这是想造反

杨贵妃

我有一个疑问，李白怎么有勇气去修仙？

李白

年轻时，我去见 @司马承祯。

李白

司马老师说我有仙风道骨，可与神游八极之表（注：可一起遨游云天宇宙）……

杨贵妃

司马老师，你是什么时候瞎的？

司马承祯

太真道友，当时贫道修为尚浅，随口一说，不好意思！

李白

还有，贺知章说我是"谪仙人"！

贺知章

呃，我说的是你的文学才华，不是寻仙修道。

贺知章

这就非常尴尬了

贺知章

修仙这种专业的事，还是交给专业的人去做吧 @ 司马承祯 @ 元丹丘 @ 胡紫阳 @ 吴筠

李白

李白

为什么受伤的人总是我?

杜甫

心疼白哥一秒钟

一句话知识点

　　唐玄宗对道教也感兴趣，所以在他当政期间，很多道士出入宫廷。

　　李白需要的，是一次真正从政的机会，但在宫廷一年多，他只是充当文化点缀师和国家的吉祥物的角色。

　　李白在晚年终于意识到，自己寻仙求道是浪费时间。

蒙蒙问爸爸

蒙蒙：世界上真有神仙吗？

爸爸：很显然，没有。

蒙蒙：那李白何苦那样寻仙？

爸爸：他要靠想象来驱除痛苦和寂寞。

3

> " 让我来告诉你们，
> 什么叫旅游博主。 "
>
> ——李白的山水诗

有人说旅行有三重境界。

一是观天地，看不同风景；

二是遇众生，结交各界朋友；

三是见自己，探究到底想要什么样的人生。

在这三重境界之上，李白似乎又开辟了新的空间。

群聊名称	天，地，人 >
群二维码	>
群公告	>
备注	>
查找聊天内容	>
消息免打扰	

古代诗人，很少有不写山水的。虽然这类诗歌题材不是李白首创，但自他提笔之后，山水诗的创作便开始出神入化。

为什么李白的山水诗那么牛？因为李白跟其他人都不一样，他不太注重描摹山水的细节，而是独攻山水气势的营造。

此所谓"抓大放小"。

在四川，他有"蜀道之难，难于上青天"的千古佳句；

在三峡，他有"两岸猿声啼不住，轻舟已过万重山"的空谷绝响；

在安徽，他有"两岸青山相对出，孤帆一片日边来"的长河画影；

在庐山，他有"飞流直下三千尺，疑是银河落九天"的磅礴长卷；

在嵩山，他有"黄河之水天上来，奔流到海不复回"的神来之笔；

在华山，他有"黄河万里触山动，盘涡毂转秦地雷"的雄奇篇章。

…………

所有对自由、对光明的渴望与追求，都被李白融入山水诗中抒发。也可以说，李白写山水气势，其实最终是为了嘚瑟。

李白以写山水万物，来寄托自己的傲岸不群。大自然即使绵延万里，也有尽头。然而，当与人的经历和精神相契合时，山水万物就被赋予了新的生命力，可以亘古不灭。

李白终其一生，一直在路上。

最初，就像远行的僧侣一样，李白随父亲从碎叶城取道新疆，一路向南，他感受到了这个国家的广袤。最后，当前方的大山大河挡住了他们的去路，四川便成了他的第二故乡。

长到 10 多岁时，李白开始热衷于省内游，游览了四川的成都、内江、宜宾、广元等地。后来，李白的旅游半径不断扩大。

据史料统计，李白一生去过全国 206 个州县，登过 80 多座名山，游览过 60 多条江河。游历总面积几乎有现今国土面积的一半。

就像他小时候在日记里写的，他要走遍天下路，看遍天下书。李白做到了。

年轻时，李白在旅途中很快乐，别人所见的是一位无忧行者。等到成年后，李白很容易陷入焦虑的状态中。

本来他四十多岁的时候，有机会获得长安的居留权。当时，在朋友的介绍下，李白奉诏入京。没想到，国家派给他的任务是天天待在离皇帝不远的地方，候着写"马屁诗"。

最初他还挺高兴，屁颠屁颠地跟随。

不久，因为他个性狂傲、才华超群，招致很多人嫉妒，众人对其成见颇深。在众人中蔓延着的这种可怕的情绪，像瘟疫一般随时可能暴发，将他撕得粉碎。

拒绝同流合污的李白，被压得有些透不过气来，他想离开，恰逢玄宗愿意"赐金放还"。

可能是因为玄宗有点爱才（或者确实是因为玄宗太富有了），他给李白的退休金着实丰厚。李白凭此再次开启全国漫游模式。

可以说，李白的诗是用笔写出来的，更是用脚写出来的。他以豪迈的胸怀、奔放的激情，将大好河山的壮阔描摹得淋漓尽致。

李白一生徜徉山水，而山水也没有辜负他，给他带来了无尽的灵感和激情。他喜欢用"兴"，即兴致之意，相关的词有"余兴""逸兴""清兴""佳兴"等。

也就是说，即使李白不主动思考，山水景物也会催他前行，为他铺开纸张，令他如醉如狂。

年轻的李白离开四川，与吴指南结伴走向未知的世界。一天凌晨，李白拿着一壶酒敲开吴指南的门

不行，昨晚我们猜拳的最后一把，你输了，两杯你少喝了一杯。

困死了，有什么事明天再说不行吗？

24岁，李白首次出川。

他左手拿钱，右手仗剑，肚子里还有才华，怎一个爽字了得。

沿着长江一路东行，他每逢山水便作诗，留下《峨眉山月歌》《渡荆门送别》《望庐山瀑布》等一系列名篇。

这段时间李白创作的诗歌作品，自然随意，充满清新的气息。

我们都应该学习李白的这种精神，在日常生活中，绝不矫揉造作。

李白的这些名诗，都是精品中的精品，很难说哪一首比另一首更好。

望庐山瀑布·其二

日照香炉生紫烟，遥看瀑布挂前川。

飞流直下三千尺，疑是银河落九天。

这首诗写于唐玄宗开元十三年（公元 725 年），李白游庐山之时。

当时的李白踌躇满志，一呼一吸，觉得空气都是甜的。庐山的景色本就让世人惊艳，与李白的高昂情绪碰撞，此时如果没有一首惊世之作横空出世是有些说不通的。

这一首诗融合了大自然的景色与人的内心情绪，由瀑布联想到银河，模糊了天地的界限，的确绝了。

李白惊人的想象力，是这首诗的过人之处。

三百多年后，另一位文学家苏东坡积极地为这首诗打CALL，说"帝遣银河一脉垂，古来唯有谪仙词"。我想东坡先生的内心是服气的。当时很多人认为，东坡先生本人就是大宋文坛的诗仙。

同样表达欲旺盛的苏东坡，来到庐山时，也只有搁笔不言了，就像当年的李白站在黄鹤楼前自叹无法超越另一位诗人崔颢的神来之笔。

如何在短短一首诗里，同时植入几个地方的旅游软广？李白也做出了表率。这首诗叫《峨眉山月歌》，短短28个字，出现了好几个地名，关键是一点都不显得不和谐。

> 峨眉山月歌
>
> 峨眉山月半轮秋，影入平羌江水流。
> 夜发清溪向三峡，思君不见下渝州。

其实，这是李白于公元725年离开四川时写的旅游流水账。

如果让我们来写，我们可能会说，俺前天从峨眉山出发，昨天到了平羌，今天在三峡，明天到渝州。就像一杯白开水一样，毫无味道，俗不可耐。

李白的语言虽然浅显，但他用清新的笔墨描写月亮、大江、小溪，点染出明月照耀下的朦胧山水，营造出了一种优美的意境。

环境变换带来的迷失感、思念和离愁同时向他袭来。李白将内心的种种小情绪，一点点借诗歌在旅途中抒发出来。

毫无阻滞，是这首诗的魅力所在。

再给大家介绍下面这首诗。

望天门山

天门中断楚江开，碧水东流至此回。

两岸青山相对出，孤帆一片日边来。

全诗给人印象最深的，就是四个动词——"开""回""出""来"。

楚江像开天利斧一样，从中间劈开了雄壮的天门山。左右山峰挺立，楚江碧水乱流于两山之间，在此盘旋。

大家知道，在写文章的时候，能快速吸引人的，就是动词。

此景之美丽之雄壮，只有诗仙挥动如椽大笔，才能将其

刻到大家的内心深处。世间有些景致，也许别人会堆砌辞藻来描摹它的美丽，但是也因此很容易遗漏它的雄壮。

李白的《望天门山》，不仅能让人领略到大自然的动感之美，还能让人充分感受到山水的豪迈辽阔之魂。这文笔"惊风雨而泣鬼神"，尘世间无人能敌。

李白将内心的种种小情绪，一点点借诗歌在旅途中抒发出来

诗仙的创作欲望，在离开四川这个时期几乎无穷无尽。他还写过两首非常知名的小诗。

静夜思

床前明月光，疑是地上霜。

举头望明月，低头思故乡。

这可能是目前最知名的唐诗之一，因为中国孩子在上小学一年级的时候，就要会背诵它。

李白是在扬州一家旅舍写下这首诗的，时间应在开元十四年（公元 726 年）农历九月十五日。当时他离开四川老家时间不短，也开始想家了。

很多人说，李白在诗里很少提到自己的家乡，念及自己的家人。再看看，另一位大诗人杜甫给家人写了多少诗呢？

以上这种观点是不对的，《静夜思》就是李白思念家人的绝佳例证。

诗仙李白白天忙于推杯换盏、写诗吹牛，只有到了晚上一个人的时候，才有时间照拂内心，想念家乡。家乡的父老兄弟、亲朋好友，还有那一山一水、一草一木，以及终将逝去的青春与往事……

一轮明月之下，寥寥 20 个字里，思乡之情被李白写绝了。

他似大声喊出："青莲乡，我想你！"

此诗中有两个字用得最好。一是"疑",我们似乎看到李白睡眼蒙眬的样子。在这种恍惚的状态下,将照射在床前的清冷月光误认成浓霜,是很正常的。

另一个字是"霜",让人读之,顿生一阵寒意。故乡意味着什么,当然是温暖;而在异乡,冰冷孤寂是常事。

若说这是史上最好的乡愁诗,估计没人会反对。而且,据说这首诗已经走向世界,就连很多外国人都会摇头晃脑地背诵它。

虽然大家的语言不通,但人类的思乡之情是一样的。

···········

李白的诗里,仙境与人世浑然一体,连借宿在寺庙里,李白都可以夸张地将天上人间联系在一起。

> **夜宿山寺**
>
> 危楼高百尺,手可摘星辰。
>
> 不敢高声语,恐惊天上人。

李白在湖北黄梅写下这首诗,诗中提及的寺庙是位于蔡山峰顶的江心寺。

诗仙李白住在小寺庙里，静谧的环境让他从喧嚣的尘世里解脱出来，思绪像疯长的藤蔓一样，蔓延而去。

虽然李白是个喜欢热闹的人，但在这一刻，他心生感悟：自由与安静，原来如此美好，哪怕为之付出的代价是难以排遣的孤苦和寂寞。

唐乾元二年（公元 759 年）春天，经历过人生的"辉煌时刻"，同时也被现实按在地上反复摩擦的李白，又写出了一首清新明快的诗。

> 早发白帝城
>
> 朝辞白帝彩云间，千里江陵一日还。
>
> 两岸猿声啼不住，轻舟已过万重山。

这是他自己，也是唐诗江湖的一个高光时刻。诵读此诗，很容易有种错觉——这是诗仙在 20 多岁刚离开四川时所作，而事实上当时他已经年近六旬。

李白 40 多岁时入宫，未足两年便被赐金放还，几经沉浮，心灰意冷。

安史之乱爆发的时候，他本来在庐山修道，同时躲避战乱。当时永王慕其大名，修书信邀请李白加入他的皇家创业团队。

诗仙再次动心了，他想抓住这个最后的机会，修身齐家，治国平天下。

殊不知，这个机会其实是陷阱，李白将被卷入一股巨大的暗流中。

掀起帝国最高权力之争的，是唐玄宗与他的两个儿子，李亨和李璘。李白选择跟随的永王李璘，确实太不经打，没多久就被平定了。

永王帐下的幕僚大都被杀，所幸李白有自首情节，免于一死，但是仍然被下了大狱。

后来，李白被流放夜郎，刚走到白帝城（在今奉节县东白帝山），因关中大旱，朝廷特赦天下。

怀着极度欣喜的心情，已经58岁的李白如释重负地写下了《早发白帝城》这首诗。诵读此诗，依然能感觉到李白已经按捺不住内心的狂喜。

虽然早就身衰力竭，但李白一颗赤子之心几十年如一日，从来没有改变过——那就是效仿先贤，为国家为黎民而战。

在实现理想的道路上，可能会遭遇痛苦和挫折，但那又算得了什么呢？

如果套用一位外国作家的话，应该是这句——

"一个人可以被毁灭，但不能被打败"。

李白
从此，只关心粮食和蔬菜。

♡ 宋若思、宋之悌、高适、杜甫、唐玄宗、唐肃宗
李亨、郭子仪、司马承祯、崔涣、王昌龄、宗氏、
校书郎李云、裴旻、公孙大娘、张旭、李龟年、颜
真卿、怀素大和尚、宗璟

高适：受伤了就去养伤！

宗璟：姐夫一路顺风！

唐玄宗：李爱卿这是在哪儿？天下有点乱，朕
在你的家乡四川。

唐肃宗李亨 回复 唐玄宗：友情提醒，现在能
自称"朕"的只有本人！！

唐玄宗 回复 唐肃宗李亨：你这个坑爹的家伙，
坑到家了！

李白：@唐玄宗 @唐肃宗李亨 怕了你们了，

能不能不要在我的朋友圈吵架？

郭子仪：恩公，还记得我吗？

李白 回复 郭子仪：你是谁？

高适 回复 李白：这位是郭元帅，他的头衔很

多，全念完我怕肺活量不够！

郭子仪：20多年前，你曾救过我啊，我就是

那个穿白袍的小年轻。

李白 回复 郭子仪：哦……

宗氏：没事了，就快点回家！！！

李白 回复 宗氏：好的，老婆！！！

李白在生命中，曾经七次赶到安徽宣城。最后一次，是在公元 761 年。

当时，诗仙的生命已经进入倒计时。但他仍以颤抖的手，写下一首短诗。

独坐敬亭山

众鸟高飞尽，孤云独去闲。

相看两不厌，只有敬亭山。

这首诗要表达的意思是，群鸟高飞，一下子就无影无踪，孤云也独自飘散，好像它们都很讨厌我。估计你看我，我看你，彼此之间相望永远都不厌烦的，就只有我和眼前的敬亭山了。

孤独啊孤独，无奈啊无奈，惆怅啊惆怅。

东晋诗人陶渊明曾在《咏贫士诗》中写道，"孤云独无依"。陶诗人是李白最喜欢的老师之一，化用"孤云"二字，也是对老师的一种致敬。

李白好似只是在写眼前之景，其实是在写万古的孤独。

其实，孤独没有什么不好的。

很多时候，只有孤独者才能进行有价值的创作。

以诗人为例，屈原被贬作《离骚》，柳宗元吟"孤舟蓑笠翁，独钓寒江雪"，王维写"独坐幽篁里，弹琴复长啸"，岳飞叹"欲将心事付瑶琴，知音少，弦断有谁听"。

这些诗句都是在孤独状态下诞生的杰作。

在《独坐敬亭山》这首诗里，李白好像在说，既然大家都不理我，我就只好与眼前的大山相依为命了。

每每读及此诗，我都仿佛看到一位蹒跚老者吃力爬山的背影。

李白这一辈子，时而出世救天下，时而隐居念苍生。

在李白生命的最后十年，所有的热闹和潇洒、冷落和屈辱，都已成为过去。

宠辱往事，芸芸众生，不要再提。

就任由他回归大自然，领悟生命的本质。

因为这首诗，安徽敬亭山成了天下文人雅士的心头最爱。

不需要理由。

就凭它曾经温暖过诗仙，就已足够。

外国诗人席勒说，"自然仍然是燃烧和温暖诗人灵魂的唯一火焰"。

只是，李白高傲狂放了一辈子，晚年显现出的这种内敛，真的让人想哭。

苍老的李白想去看看敬亭山。
儿子伯禽陪他一起

脑补大剧场

天，地，人（22）

杨贵妃

看完李白的风景诗，忽然想起来，好久没出去玩了！

唐玄宗

贵妃想去哪儿？

唐玄宗

安排！

李白

这就尴尬了！

李白

草民这是随手写着玩玩的……

唐玄宗

别谦虚了，还记得那首《梦游天姥吟留别》吗？

李白

正是草民的拙诗……

唐玄宗

刚读到这首诗的时候，朕的一个妃子激动得差点早产了……

096

李白

 臣有罪，臣有罪！

孟浩然

看来大家要多看看我的山水诗，避免过于激动而发生意外！

唐玄宗

幸亏你没有长期入朝为官，否则大家就看不到那么多山水诗了。

高力士

皇上，李白的山水诗不一定都好。

高力士

比如《梦游天姥吟留别》，就有些堆砌辞藻了……

孟浩然

高公公，闭上你的嘴！

孟浩然

有时间一起吃鱼吧
我看你挺会挑刺的

孟浩然

有时间一起练拳吧
我看你挺欠揍的

李白拥有众多粉丝，包括皇室成员、中产阶级和普通群众，所以李白在当世就出名了，不像杜甫到几百年后的宋朝才大火，被拜为"诗圣"。

不过，也有高力士那种小肚鸡肠的人，喜欢挑李白的毛病。

• • • • • • • • 微信对话继续 • • • • • • • •

天，地，人（22）

 校书郎李云

> 让我说，李白最出色的诗是《宣州谢朓楼饯别校书叔云》。✌

 杜甫

> 因为这是写给你的送别诗？

 校书郎李云

> 我们一同登楼，各有收获！

 杜甫

> 哦？

 校书郎李云

> 他写了首诗，我吃了份麻辣烫。

杜甫

杜甫

这就是差距！

校书郎李云

尤其爱那句，"抽刀断水水更流，举杯销愁愁更愁"。

校书郎李云

真是"天马行空，神龙出海"！

杜甫

你该谢谢我白哥，没有这首诗，谁认识你啊！

一句话知识点

《宣州谢朓楼饯别校书叔云》是李白诗歌中可以排入前几位的作品。作者历史的囚徒的一个粉丝说，在一年时间里，他每天诵读此诗，获得无穷的力量。

· · · · · · 微信对话继续 · · · · · ·

天，地，人（22）

 伯禽

> 爸爸，外面风景那么好，你从来都不带我去！😫😫😫

李白

> 大人说话，小孩子要保持安静！

 平阳

> 爸爸，爸爸，我也想出去玩！

 宗氏

> @ 李白 你总是不回家，看把两个孩子想成什么样了?!

李白

> 我错了！💀

> 比我好，我的小儿子活活饿死了……

李白

> 阿杜，什么时候一起去散散心吧？
> 🐵🐵🐵

李白

> 南边的亚龙湾不错，可以吃龙虾；北边的草原也不错，可以啃羊腿。

 杜甫

> 没心情！

李白

我还想再去一次浙江的天姥山。

 杜甫

白哥，别再说啦！

 杜甫

我穷 我穷 我穷
不要给我安利了

 元丹丘

哈哈哈，哭穷谁不会呢！

 元丹丘

卖自己，
价高者得

 孟浩然

我也会，我也会！

 孟浩然

穷到变形

李白

哈哈原来大家都这么调皮！

元丹丘

@李白 你一个劲在外面浪，有多长时间没有打坐修仙了？

李白

在外面旅游也是受苦！😆😆😆

李白

大家只记得我外出的浪漫，却忘记了我人生的苦难。

一句话知识点

李白一直在外为理想奔波，一生亏欠最多的就是家人，特别是儿子伯禽和女儿平阳。

然而，和杜甫比，他又幸运得多。因为在战乱中，杜甫的小儿子缺吃少穿，活活饿死了。

● ● ● ● ● ● ● ● ● 李白父亲加入了微信聊天 ● ● ● ● ● ● ●

天，地，人（23）

李客

孩子，当年你说"世界那么大，我想去看看"，我犹豫过一分钟吗？

李客

我们家是不差钱，但也不能这么花吧？

李白

好像我 24 岁以后，再没找家里要过一分钱……

李客

才一年时间你就催我打生活费，那三十万金呢，都打水漂了？

李白

在扬州的时候，都给那些困难朋友发红包了。

贺知章

@ 李客 你就不要责备你儿子啦！

李客

你算哪根葱

贺知章

我是小白的忘年交，比你还大 20 多岁！
@ 李客

贺知章

这孩子挺好的，趁年轻扩大朋友圈，有错吗？

李客

那好吧，老哥，我说不过你！

李客

是我冒饭了

杜甫

白哥，今天有个年轻人想采访你，提纲都拟好了。

李白

什么采访内容？

孟浩然

人与自然。

一句话知识点

李白不仅热爱大自然，还十分慷慨，离开四川来到扬州，他接济了不少落魄公子和贫苦百姓，时间不长，信用卡就刷爆了，他失去了金钱，但收获了朋友。

蒙蒙问爸爸

蒙蒙：我也想走遍天下，可以吗？

爸爸：首先要有钱，其次要有闲。

4

"五十吨酒入愁肠。

——李白的饮酒诗

　　文学家、历史学家郭沫若曾说李白"当他醉了的时候，是他最清醒的时候；当他没有醉的时候，是他最糊涂的时候"。

　　酒，就像李白体内奔腾不息的大河，冲击着他的五脏六腑，洗涤着他的神经血肉。他必须输出，必须表达。

　　一首首美妙的诗歌，就那么即兴而生。

　　李白是俗人、妙人、仙人的完美结合。

群聊名称	感情深，一口闷 >
群二维码	>
群公告	>
备注	>
查找聊天内容	>
消息免打扰	⬤

大乐师李龟年是在长安一家酒坊找到李白的，当时诗仙已经酩酊大醉。

皇命在身，李龟年只好不停呼唤，"太白，太白"，呼唤间还轻轻拍了几下李白的脸。见李白毫无反应，实在没办法，他拿来一瓢水，猛浇在李白头上。

李白这才醒过来，疑惑地看着周遭的一切。

"平常醉就醉了，今天圣上找你！"李龟年着急地说。

李白赶紧整了整衣冠，随李龟年入宫。

就在那个晚上，在唐玄宗和杨贵妃消夏纳凉、观赏牡丹的沉香亭，李白得到了梦幻般的、超一流的礼遇。

首先是走马入宫，也就是李白只需持着御赐的金花笺，进入宫廷可以不在宫前下马，而是从御道直接驰往御花园。

这是一种殊荣。获得过此特权的，还有杨贵妃的姐姐，同样美丽的虢国夫人。

传说中，那天不少大咖为李白服务——大太监高力士为他脱靴，杨贵妃为他磨墨。就连九五之尊唐玄宗，为了帮他醒酒，也亲自拿起勺子，给他调羹。

尊重知识，尊重人才，一幅多么和谐的大唐图景！

从酒醉中醒来的李白，看到那一幕幕，不禁内心冒泡，灵感喷涌，为杨贵妃写出了历史上最好的软文。

而且是买一送二，连写三首。

清平调

其一

云想衣裳花想容，春风拂槛露华浓。

若非群玉山头见，会向瑶台月下逢。

其二

一枝红艳露凝香，云雨巫山枉断肠。

借问汉宫谁得似？可怜飞燕倚新妆。

其三

名花倾国两相欢，长得君王带笑看。

解释春风无限恨，沉香亭北倚阑干。

应制诗历来难写，但是这三首《清平调》，不仅是美酒与神思碰撞的结果，令人惊艳，而且诗仙创作的速度极快，获得了大 Boss 唐玄宗的高度赞赏。

这成了李白在长安的高光时刻。

高力士正伺候李白脱靴

　　李白酒后的狂妄劲，俘获了另一颗伟大的心，它的主人叫杜甫。

　　杜甫老师喜欢的，不是诗仙的颜值，而是他光芒万丈的才华。

　　杜甫是一个喜怒不形于色、也从不追星的诗人，但他在李白面前彻底沦陷。想象着李白酒后狂妄翘班的样子，杜甫不由得顶礼膜拜。

饮中八仙歌

杜甫

知章骑马似乘船，眼花落井水底眠。

汝阳三斗始朝天，道逢曲车口流涎，恨不移封向酒泉。

左相日兴费万钱，饮如长鲸吸百川，衔杯乐圣称避贤。

宗之潇洒美少年，举觞白眼望青天，皎如玉树临风前。

苏晋长斋绣佛前，醉中往往爱逃禅。

李白一斗诗百篇，长安市上酒家眠，

天子呼来不上船，自称臣是酒中仙。

张旭三杯草圣传，脱帽露顶王公前，挥毫落纸如云烟。

焦遂五斗方卓然，高谈雄辩惊四筵。

醉了，李白就是自己永远的王。

杜甫评价自己的偶像，"嗜酒见天真""醉舞梁园夜"。只有像杜甫那样有至高的理解力，才能真正懂得李白的优秀所在。

一个人最有魅力的是什么？

当然是绝不掩饰的天真。

李白曾疯狂追慕并没有太大名气的西晋文人张翰，因为对方与自己，实在太过相像。

张翰是汉初名臣张良之后，很有才华，但因身负亡国之痛，他拒绝为当朝所用（"恃才放旷，佯狂避世"）。后来，张翰辞职返乡，终日与田园树木瓜果为伴。

李白欣赏张翰，还有一个重要的原因：张老师也是一介酒徒。

正可谓爱屋及乌。

爱酒就爱酒，李白从不掩饰。

八十多岁还没退休的诗人贺知章，见到李白之初，就马上与李白结为至交。两人当然免不了第一时间就畅饮一番。

这里要隆重介绍一下贺知章，他是浙江杭州人，是浙江历史上第一位有记载的状元。后来，他做了近五十年京官，一生平静无灾，又官居三品，堪称唐朝最有福气的大诗人。

关键是唐玄宗还十分偏爱他，直到85岁才肯让他退休。不仅如此，唐玄宗还专门给文武百官放假，为贺知章开了一个隆重的欢送会，由皇太子亲自送行。

好像唐朝再没有哪个老同志，能有这样的礼遇了。

有一次，老贺出门与李白喝酒，发现自己没带钱。一狠心，他就把皇上御赐的小金龟掏出来当酒钱。

这件事，被李白详细记录在自己的诗中。

对酒忆贺监·其一

太子宾客贺公，于长安紫极宫一见余，呼余为"谪仙人"，

因解金龟，换酒为乐。怅然有怀，而作是诗。

四明有狂客，风流贺季真。

长安一相见，呼我"谪仙人"。

昔好杯中物，今为松下尘。

金龟换酒处，却忆泪沾巾。

当然，贺知章对李白来说最重要的意义，是送给他一个绰号——"谪仙人"。

此称号很快获得整个江湖的认可。即便此后千年，这也是李白最重要的 title（头衔）。

贺知章与李白一边饮酒，一边就创作进行深入探讨

只要有酒，怎么写都行！

小兄弟，你真的没有创作瓶颈吗？

李白
酒啊，世界上最高贵的液体。

♡ 孟浩然、李白、唐玄宗、贺知章、元丹丘、赵蕤、司马承祯、高适、汪伦、王昌龄、李阳冰

李阳冰：夜凉如水，贤侄要注意身体！

杜甫：咚咚咚咚咚咚咚……

元丹丘：酒量见长啊！

王昌龄：太飒爽了！！

司马承祯：喝完别忘了修仙！

李白 回复 司马承祯：喝多的时候，有那么两秒钟，好像看到了神仙！

元丹丘 回复 李白：那是幻觉！！

汪伦：偶像什么时候再来桃花潭游泳？

酒与李白，真的是绝配。

如果让李白写一首诗，又不让他喝酒，还不如杀了他。

他是"诗仙"，更是"酒仙"。

这个世界上，很多人酒后会发笑、发癫，还有很多人会发疯，但疯的模样、疯的程度，完全不同。

论疯的程度，我只服李白。

一个人要是疯起来，典型症状之一，便是开启漫无边际的吹牛模式。所以，最出色的诗人，往往也是最会吹牛的诗人。

才喝了三两，在李白的笔下，汉江、湘江、洞庭湖都变成了奔腾的酒浪。

陪侍郎叔游洞庭醉后三首

今日竹林宴，我家贤侍郎。

三杯容小阮，醉后发清狂。

船上齐桡乐，湖心泛月归。

白鸥闲不去，争拂酒筵飞。

刬却君山好，平铺湘水流。

巴陵无限酒，醉杀洞庭秋。

这算不算"气吞山河"？

俯仰天地，如果它们不爱酒，都不配称天地。

月下独酌·其二

天若不爱酒，酒星不在天。

地若不爱酒，地应无酒泉。

天地既爱酒，爱酒不愧天。

已闻清比圣，复道浊如贤。

贤圣既已饮，何必求神仙？

三杯通大道，一斗合自然。

但得酒中趣，勿为醒者传。

这算不算"翻天覆地"？

理想主义者王安石说，李白的诗，只有两个关键词：女人，美酒（"十句九句妇人、酒耳"）。

还有粉丝统计，李白一辈子喝了50吨酒（相当于2020年茅台酒总产量的千分之一）。

当然，唐代诗人日常喝的不是蒸馏提纯的白酒，而是度数较低的米酒。即便如此，这个数字也是很惊人的。

李白与酒的互动，在历史上独一无二。

历史上可能有比他能喝的，但酒后创作出那么多作品，从而深刻影响中国文化史的，再无他人。

酒对李白来说，是乐趣，是人生。

也是灵魂的寄居地和避难所。

唐玄宗开元十八年（公元730年），大唐承平日久，没有什么大事发生。

玄宗当皇帝当得很爽，慷慨地向员外郎以上的官员派发红包（"各赐钱五千缗"），强制要求他们到各地5A级旅游区度假，尽情饮酒作乐。

五千缗是多少呢？如果没算错的话，相当于人民币1000多万，这绝对是笔巨款。

作为著名的文艺皇帝，他还率先垂范，多次到花萼楼消费。

鼓励消费、拉动内需的重要结果之一，就是酒卖疯了，不少人还开始酗酒。

29 岁的李白就喝多了。

事发地点：武汉黄鹤楼附近。

天气：连日多云。

酒后，李白写下一首传诵千古的作品——

> 送孟浩然之广陵
>
> 故人西辞黄鹤楼，
>
> 烟花三月下扬州。
>
> 孤帆远影碧空尽，
>
> 惟见长江天际流。

对李白来说，已经很长时间没有这样的冲动。

原因很简单，跟知己喝的，那才是真正的酒啊。

当时，他对面只坐着一个人，孟浩然。

没有资料提及他们第一次见面的场景，但是可以肯定的是，他们一见如故。

准确地说，是李白成了孟浩然的粉丝。因为孟浩然稳重谦和，一看就是做大哥的样子。

据说，对于刚认识的朋友，孟大哥就可以把身上最贵重的东西送出去，有他自己的诗为证——

送朱六入秦

游人五陵去，宝剑值千金。

分手脱相赠，平生一片心。

孟浩然认为，世界上最美妙的事，就是跟好朋友分享。

孟浩然还是一个知名隐士，长期住在深山里，身上有一种与世无争的淡然。

李白对有这样气质的人，毫无抵抗力。

所以，一旦遇到，就开启"李白＋好友＋美酒"的铁三角交往模式。

此所谓"酒逢知己千杯少"是也。

· · · · · · · 面容清瘦的孟浩然 · · · · · · ·
递了一张卡给李白

这是我唯一的购物卡，拿去花吧！

为什么我特别想哭？！

很多人脑袋里都有一个大问号：老天为什么选择李白，让他成为中国文化史上的领军人物？或者说，为什么能写出通神作品的只有李白？

因为美酒，也因为时间。

自古以来，只有那些对时间格外敏感的人，才能写出拂动人心的文字。

孔子因为珍惜时间，不停地赶赴各个国家。他的那句名言，"逝者如斯夫，不舍昼夜"，一直让李白警醒。

李白还写了一首劝酒诗，感叹时间逝去。这首诗，可谓处处是金句。

将进酒

君不见黄河之水天上来，奔流到海不复回。

君不见高堂明镜悲白发，朝如青丝暮成雪。

人生得意须尽欢，莫使金樽空对月。

天生我材必有用，千金散尽还复来。

烹羊宰牛且为乐，会须一饮三百杯。

岑夫子，丹丘生，将进酒，杯莫停。

与君歌一曲，请君为我倾耳听。

钟鼓馔玉不足贵，但愿长醉不复醒。

古来圣贤皆寂寞，惟有饮者留其名。

陈王昔时宴平乐，斗酒十千恣欢谑。

主人何为言少钱，径须沽取对君酌。

五花马、千金裘，呼儿将出换美酒，与尔同销万古愁。

诗中提到的丹丘生就是元丹丘，是唐朝知名道人，也是促成李白奉旨进京的关键人物。

两人在四川时就已相识，曾一起快乐地寻仙修仙。元丹丘还将自己的师父胡紫阳介绍给李白。

之后，李白入宫，被封为翰林待诏。不过，才一年多的时间，就因为权贵的谗言，李白被开除出京。唐玄宗给李白发了一笔遣散费（赐金放还）。

后来，李白四处盘桓，心情极度烦闷。

作《将进酒》这首诗时，李白出宫大概已有八年之久。李白多次与友人岑勋（岑夫子）应邀到元丹丘的颍阳山居为客，三人登高饮宴，借酒放歌。

《将进酒》是后世很多酒徒的最爱，他们吟诵着这首诗，边哭边喝，因为他们坚信李白的精神和魂魄就藏在这首诗中。

此诗确实文字优美，气势如虹。

既有空间的磅礴，也有时间的深邃。

李白，堪称诗人哲学家。

李白虽然年龄不大，酒龄却很长。

众所周知，李白出生于碎叶城。彼时，碎叶城是大唐的军事重镇（安西四镇中最靠西的一个）。有军队镇守在那里，主要任务是压服当地的突厥部落。

现在的碎叶城名字比较长，是吉尔吉斯斯坦的托克马克城。

如果不是因为李白，很少有人知道这个名字，也少有人会对这个地方感兴趣。

从新疆往西，还需很远很远的路途，乘坐很长时间的飞机才能到达。

据史料记载，李白先祖为陇西成纪（今甘肃静宁西南）李氏，隋朝时因罪流落西域。所以，即使他不愿再提起，这都是他身上抹不去的烙印。李白一辈子都在挣脱。

5岁的时候，碎叶城遭叛军围攻。

为躲避战乱，李白随父亲离开西域，一路漫游（流浪）来到四川江油。

那是一段神奇的旅程。也因此，李白从小受到汉文化的

影响。

上安州裴长史书（节选）

白本家金陵，世为右姓。

遭沮渠蒙逊难，奔流咸秦，因官寓家，

少长江汉。五岁诵六甲，十岁观百家，

轩辕以来，颇得闻矣。

常横经籍书，制作不倦，迄于今三十春矣。

以为士生则桑弧蓬矢，射乎四方，故知大丈夫必有四方之志。

乃仗剑去国，辞亲远游。南穷苍梧，东涉溟海。

在李白儿时的小脑袋里，满是西域的记忆：胡人、胡服、胡雁、胡马、胡音、胡酒、胡姬、胡旋……

所谓胡酒，就是芳香馥郁的葡萄酒。整个西域可谓葡萄酒的海洋。

色香俱佳的葡萄酒，同时也是很多唐朝诗人的最爱，比如王翰，就写过那首令人心里拔凉拔凉的《凉州词》：

凉州词

葡萄美酒夜光杯，欲饮琵琶马上催。

醉卧沙场君莫笑，古来征战几人回？

面对可怕的战场，喝点葡萄酒，感叹一下人生，还真是别有一番风味。

喝完之后，不识恐惧为何物！

元稹也是葡萄酒爱好者，他写道——

吾闻昔日西凉州，人烟扑地桑柘稠。

葡萄酒熟恣行乐，红艳青旗朱粉楼。

韩愈、刘禹锡、白居易、李商隐，更是三天两头就要品一下葡萄酒。

众人对葡萄酒的感觉，都不如李白来得真切感人，谁让人家是西域土著呢？

如果李白有朋友圈，喝完红酒，他一定会发下面这条。

 李白
爱死葡萄酒啦，我要天天喝，一天喝他个300杯。

♡ **孟浩然**

在李白的诸多红酒诗中，有一首非常活色生香，特别具有现场感。

> 对酒
>
> 蒲萄酒，金叵罗，吴姬十五细马驮。
>
> 青黛画眉红锦靴，道字不正娇唱歌。
>
> 玳瑁筵中怀里醉，芙蓉帐里奈君何。

后世很多文学评论家，是流着口水品评这首诗的。

有的人说，李白这人会玩，更会写，撩得人心猿意马。

对李白来说，酒的味道，就是生活的原味。因为酒，他甚至爱上了女孩们的"酒晕妆"。

李白一生写就的饮酒诗，有200多首，但很少有人知道，李白与酒结缘，是从葡萄酒开始的。

也就是说，那红色的酒液，是他的初恋。

李白和杜甫去酒铺买红酒，
李白先看了看价签

从小，李白就是个挑剔的人。

他觉得，酒很重要，但喝酒的地点和对象，更重要。

喝多了，才能真正忘我。

酒是他人生的重要支柱，就连他流的汗里，都有酒的味道，诗句的跳跃。

白天喝，晚上喝，月光下喝，游船上喝，花丛中喝，顺境时喝，逆境时喝……

慢慢地连自己的故乡都忘记了。

客中行

兰陵美酒郁金香，玉碗盛来琥珀光。

但使主人能醉客，不知何处是他乡。

酒能让李白无拘无束，充分打开自己，释放内心的真性情。

在酒精的帮助下，这位圣手找到出口，撒撒酒疯。然后，便写出这个世界上最瑰丽的诗句。或飘逸浪漫、潇洒自在，或万千悲慨、郁结失意，令后人无比痴迷。

写完，所有的愁和怨，都已消失不见。

下面是他的部分酒诗：

"三百六十日，日日醉如泥"；

"花间一壶酒，独酌无相亲"；

"我醉欲眠卿且去，明朝有意抱琴来"；

他还写道，

"且就洞庭赊月色，将船买酒白云边"；

"抽刀断水水更流，举杯销愁愁更愁"。

"且乐生前一杯酒，何须身后千载名"。

就连他临终前的一首诗也跟酒有关：

哭宣城善酿纪叟

纪叟黄泉里，还应酿老春。

夜台无晓日，沽酒与何人？

在酒里徜徉，足以笑傲人生。

李白去世后很多年，在中国不少乡村酒馆的灯笼上，都写着"太白遗风""太白世家"。可见他的群众基础，不是一般的好。

李白是天生的网红，千百年来，粉丝无数。后世评价他饮酒的诗句，亦无数。

看来看去，好像只有温庭筠老师的那句诗，才能一解其中奥妙——

"李白死来无醉客，可怜神彩吊残阳。"

这个世界上，太多人的酒醉，只是一种穿肠而过的浪费。

而李白借酒，将自己的激情，转化成一首首绝唱。

诗酒飘零，无怨无悔。

脑补大剧场

感情深，一口闷（19）

李白

> 大家早上好!!

 贺知章

> 什么早上好，都快中午了！

 杜甫

> 我快笑死了，白哥昨天喝了多少？

李白

> 不多，也就五斤多。

李白

> 我现在干啥啥不行，喝酒第一名！

李白

这脸 我不要了……

 孟浩然

> 有酒喝居然不叫我！ @李白

李白

> 你不是去跟王维喝了吗？

孟浩然

讲真，你跟王维兄弟到底有什么过节？提到你，他总是很沉默……

贺知章

下周我组个饭局！没有什么是一场酒解决不了的，如果解决不了，那就来两场！

李白

老贺，人生有些事，不要强求……

唐玄宗

@李白 李爱卿，你还想不想上班了？

唐玄宗

几次宣你作诗，你都喝得烂醉如泥，这样真的好吗？

唐玄宗

年轻人
不要总想着
搞大新闻
要珍惜生命啊

高力士

圣上，估计李白所有的才气，都止于《清平调》了！

杨贵妃

我不管，三郎！@唐玄宗 你一定要让李白再写几首！！

唐玄宗

说好多次了，公共场合不要叫我小名，快撤回！

李白

我们都看见了……

贺知章

我们都看见了……

唐玄宗

@贺知章 你的辞职报告，朕再考虑考虑！

贺知章

 皇上，我什么都没看见！

李白

人家都85岁了，还不让退休。见过欺负人的，没见过这么欺负人的！！

唐玄宗

这是我大唐的祥瑞啊，怎么能轻易放走？

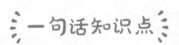 一句话知识点

李白经常醉生梦死，但他跟王维属于老死不相往来，所以两人从来没有一起喝过酒。

李白的仕途受阻，一方面是有小人进谗言的原因，另一方面跟他总是喝醉误事也有一定的关系。

　　李白的忘年酒友，来自浙江的状元，著名诗人贺知章，进入晚年后一直申请退休，唐玄宗一直拒不批准，多次挽留。其实放到现代社会，一个人工作到85岁也是极其罕见的。

· · · · · · · · · **微信聊天继续** · · · · · · · ·

感情深，一口闷（19）

 元丹丘

> 阿白兄弟，什么时候我们俩再喝一场？

李白

> 不好意思，酒局已经排到 3 个月之后了……

 杜甫

> 这牌面，白哥，求带!!

李白

> 每次喝完酒，有没有觉得我变帅了？哪怕一点点！

 杜甫

对方不想跟您说话
并向您扔了坨屎

 孟浩然

> 到底帅不帅，只有弟妹有发言权！ @宗氏

宗氏

吃藕（chi ou）。

李白

夫人，这是什么意思？

宗氏

丑啊！

孟浩然

孟浩然

@王昌龄 你怎么一直潜水？

孟浩然

虽然我是跟你吃河鲜吃走的，我也没怪过你呀……

王昌龄

各位再见，很抱歉做了这个决定，希望我们有缘再见，真的很舍不得大家，在这里收获了太多的欢乐和感动。

李白

昌龄兄弟怎么了，没见你说话，一开口就要走？

王昌龄

哦，这次我离开的主要原因是手机没电了，充好电就回来！

王昌龄

互联网真的太精彩了

一句话知识点

李白的酒局很多，朋友也很多，所以经常要提前多日预约。他这么喝酒，又费钱又伤身，家里人是反对的，无奈李白很固执，内心也很强大。

有一次王昌龄和孟浩然吃饭，当时孟浩然生病，不能吃鱼，但好友过来，他就吃了鱼，最后医治无效，离开了这个美丽的世界。

• • • • • • 微信聊天继续 • • • • • •

感情深，一口闷（19）

李白

现在物价真贵，都没钱买酒了……

杜甫

不要成天抱怨！

孟浩然

先把钱放到一边不谈，现在的你最需要什么？

李白

你放在一边的钱。😍 😍 😍

李白

孟浩然

蒙蒙问爸爸

蒙蒙：如果李白不喝酒，他能写出那么多好诗吗？

爸爸：估计不能！

蒙蒙：为什么？

爸爸：对李白来说，酒是催化剂，少了它就不会产生化学反应！

蒙蒙：他真的一辈子喝了50吨酒？

爸爸：古时候蒸馏技术不成熟，酒精度数很低，应该介于水和啤酒之间。

5

"大唐第二剑客?

——李白的剑诗

很多男人都怀揣剑客梦，梦想着"仗剑走天涯"。

虽然我们这个时代，已经不是徒手执剑的时代，但我们对于刀剑如梦的快意江湖，还是挺向往的。

似乎对那些左手拿笔、右手持剑的人，我们特别迷恋。比如辛弃疾，比如李白。

群聊名称	杀人都市中 >
群二维码	>
群公告	>
备注	>
查找聊天内容	>
消息免打扰	

盛唐时期，传奇小说的影响巨大。红拂女、空空儿等著名的侠客形象开始走进文人的世界，将游历天下、行侠仗义的精神传播开来。这对当时整个社会的风气，产生了很大的影响。

李白不是空有侠客梦，他还付诸行动了。

想象一下，李白身着紫袍、左手拿酒杯、右手持剑的样子，一定很酷吧?

事实上，在很多古装电视剧里，李白出现的时候，都是能文能武的。

比较典型的一部，是 1983 年播出的《剑仙李白》。剧中的李白，在空中腾飞，剑气浑厚，令人胆寒，见者无不退避三舍。

这部剧里打斗的场景几乎已被人遗忘。这位著名华侨的看家本领其实是写诗，读来还往往让人血脉偾张。

这也是为什么看到电影《妖猫传》里李白的形象时，很多人热泪盈眶了。

对很多现代人来说，"像不像"真的不重要。

只要有李白的吉光片羽、一鳞半爪，就已足够。

时而百炼钢，时而绕指柔，如神祇降临于纸上，荡气回肠。

李白的诗句总是充满瑰丽的想象，那是对庸碌俗世的一种逃离。

很多人读了李白的诗，觉得自己像喝下止疼药，人世间的苦与痛，好像没那么强烈了。

无论是诗人李白、仙人李白，还是剑客李白，都是老天赠给全人类的礼物。

这是一个有血有肉的伟大灵魂。

为什么他对剑情有独钟呢？

可能在他眼中，自己就像一把未遇明主的宝剑。

> **结客少年场行**
>
> 紫燕黄金瞳，啾啾摇绿鬃。
>
> 平明相驰逐，结客洛门东。
>
> 少年学剑术，凌轹白猿公。
>
> 珠袍曳锦带，匕首插吴鸿。

由来万夫勇，挟此生雄风。

托交从剧孟，买醉入新丰。

笑尽一杯酒，杀人都市中。

羞道易水寒，从令日贯虹。

燕丹事不立，虚没秦帝宫。

舞阳死灰人，安可与成功。

此诗作于唐玄宗开元二十三年（公元735年），李白游洛阳时。这首诗塑造了一个剑术高超、纵横江湖的少年侠客形象，借此抒发了李白怀才不遇的郁闷不平以及渴望建功立业的豪情壮志。

"少年学剑术，凌轹白猿公"两句，写少年侠客的剑术之高超，胜过白猿公。

白猿公是谁？传说古越国有位女子精于剑术，为越王所用。有一天，越女在路上溜达的时候碰到一个老头，自称"猿公"，两人持剑比试。比试过后，老头化作一头白猿离开。

读到"笑尽一杯酒，杀人都市中"时，就很有一种香港电影《英雄本色》的感觉，每一秒钟都不容错过。

以上这首《结客少年场行》，血压高的读者不要看，切记，危险。

李白潜心学剑术

白哥，以什么样的睡姿，才能做出这样的美梦？

估计再过两年，我的剑术能超过裴师父。

③

其实，在安禄山反唐的几年前，李白曾经写诗揭露过他。

当时是唐天宝十一年（公元752年）秋，李白游幽州时，听到一个悲惨的故事。一位北方妇女与丈夫分离，后来才得知他已战死沙场。当时挑起争端的正是安禄山。

正义感满满的李白，提笔就写下这首《北风行》。

北风行

烛龙栖寒门，光曜犹旦开。

日月照之何不及此？惟有北风号怒天上来。

燕山雪花大如席，片片吹落轩辕台。

幽州思妇十二月，停歌罢笑双蛾摧。

倚门望行人，念君长城苦寒良可哀。

别时提剑救边去，遗此虎文金鞞靫。

中有一双白羽箭，蜘蛛结网生尘埃。

箭空在，人今战死不复回。

不忍见此物，焚之已成灰。

黄河捧土尚可塞，北风雨雪恨难裁。

这首诗里，满是李白悲天悯人的情怀。

如果唐玄宗、杨贵妃他们看到这首诗，一定会对安禄山有所警觉和防范。

可惜，历史没有如果。

相信李白在写诗的时候，一定经常把玩宝剑，注视锋芒。

因为，他很多与剑有关的诗，实在是太自然、太传神、太有气势了。

来看几句：

"愿将腰下剑，直为斩楼兰"；

"闲过信陵饮，脱剑膝前横"；

"学剑翻自哂，为文竟何成"；

"剑非万人敌，文窃四海声"。

这气魄，这神采，感觉李白是个不折不扣的顶尖的剑客。

剑之所指，总是慷慨激昂，刻不容缓，生死攸关。

唐朝的诗人们，大概很少有人不是李白的粉丝。

魏万就是李白众多粉丝中的一个，在编纂李白诗集时，他说，李白"少任侠，手刃数人"。

这个记录是有一定真实性的，意即诗仙年轻的时候是个古惑仔，砍个把人，不在话下。

很多人说李白善于耍剑，都是因为这个记录。

文与武、静与动之间，是有一种神秘联系的。

就像意大利文艺复兴时期的大师达·芬奇，不仅在艺术的殿堂里任意驰骋，在自然科学领域也是一个了不起的人。

只有把这些矛盾调和好的人，才能在看似不相干甚至完全对立的世界里，如鱼得水，左右逢源。

世间万物，真的是相通的。

4

然而，魏万的记录最大的遗憾是没有细节，因此很多人不太信服，觉得所谓的"李白会剑术"，根本就是子虚乌有。

他们承认，李白是名运动爱好者，目光如虎，爱骑马、射箭、蹴球，经常邀人共猎，还参与过打群架，在治安部门留有案底。

他们也说，在李白的作品里，虽然"剑"字出现过100多次，但只是借此表达自己的放荡不羁。

长安是尚武之都，本身是知名"潮人"的李白，难免会跟风。

还有人开玩笑，说李白不是剑客，是"贱客"。

其实，这真的冤枉了李白。跟许多人呈现出的表面的热衷相比，李白是下了真功夫的。

自古以来，侠与士，是有很多牵连的。偶然与必然之间，这种牵连在李白身上实现了更精妙的统一。

早在幼年时，李白就十分关注人类的精神世界，对道教的超验世界心生向往。

道教的信徒们在修行之余，经常会挥挥棍，舞舞剑。李白就是那个时候培养了对剑术的浓厚兴趣。有诗歌为证：

送薛九被谗去鲁

宋人不辨玉，鲁贱东家丘。

我笑薛夫子，胡为两地游？

黄金消众口，白璧竟难投。

梧桐生蒺藜，绿竹乏佳实。

凤凰宿谁家，遂与群鸡匹。

田家养老马，穷士归其门。

蛾眉笑躄者，宾客去平原。

却斩美人首，三千还骏奔。

毛公一挺剑，楚赵两相存。

孟尝习狡兔，三窟赖冯谖。

信陵夺兵符，为用侯生言。

春申一何愚，刎首为李园。

贤哉四公子，抚掌黄泉里。

借问笑何人，笑人不好士。

尔去且勿喧，桃李竟何言。

沙丘无漂母，谁肯饭王孙？

李白最喜欢的事情，便是骑着白马，身佩宝剑，迎着朝阳，晃晃悠悠地出入城池。

他还喜欢右手抚剑，站在悬崖边眺望。在他眼中，山含情，水含笑。他的眉毛开始舒展，嘴咧开的幅度很大，终于开始狂啸起来。

古代行为艺术第一人，非李白莫属。

李白
当大唐第一剑客遇到大唐第二剑客

♡ 唐玄宗、杨贵妃、郭子仪、高适、孟浩然、贺知章、杜甫、司马承祯、胡紫阳、王昌龄、岑参、王之涣等 165 人

> 高适：李白舞剑有模有样的，为什么不参军？
>
> 杜甫：白哥威武！
>
> 裴旻：好剑！！！削铁如泥，光可照人！！！
>
> 王之涣："第二剑客"演的成分很大！
>
> 公孙大娘：裴旻哥真的好帅！！！

杜甫 回复 公孙大娘：😔 😔 😔

高力士：难道这不是 PS 的？

唐玄宗 回复 高力士：根据我的经验，应该不是。

李白 回复 唐玄宗：👍 👍 👍

5 ⭐

　　自李白踏入江湖，关于他的传说就一直是文学青年们的谈资。

　　比如，有人说，李白刚离开四川时，为了守护好友的遗体，他单剑挑猛虎，最终还赢了。

　　估计后世的武松得知此事，也要献上自己的膝盖。

　　除了刻苦钻研剑术，李白深知师从名师的重要性，所以千方百计联系上第一高手"剑圣"裴旻，拜其为师。

　　裴旻是个退伍军人，脸上有三道刀疤，见其人就令人不寒而栗。

　　他曾与契丹人、吐蕃人作战，复员以后，经常在各地表演剑术，收获粉丝无数。

在没有抖音的当时，名气的传播，完全靠群众的嘴巴和耳朵。

《独异志》中记载的裴旻，是一个绝代剑客，"掷剑入云，高数十丈，若电光下射，漫引手执鞘承之，剑透空而入，观者千百人，无不惊栗"。

就连对李白十分不感冒的王维，也曾专门作诗，赞美裴旻——

腰间宝剑七星文，臂上雕弓百战勋。

见说云中擒黠虏，始知天上有将军。

此诗开头就点到裴旻的佩剑，然后高度评价其丰功伟绩，似乎在有意提醒读者，高明的剑术等于战场上的成就。

据说，在镇守北平的时候，裴旻创下了一天射杀 31 头老虎的纪录。

迅速、准确、残酷。

当时要是有野生动物保护协会的人，非急得要跟裴老师拼命不可。

这么生猛的老师，李白是不会错过的。他踏上了拜师之路。

这段热血的经历，后来李白曾写诗回忆。

五月东鲁行，答汶上君

五月梅始黄，蚕凋桑柘空。

鲁人重织作，机杼鸣帘栊。

顾余不及仕，学剑来山东。

举鞭访前途，获笑汶上翁。

下愚忽壮士，未足论穷通。

我以一箭书，能取聊城功。

终然不受赏，羞与时人同。

西归去直道，落日昏阴虹。

此去尔勿言，甘心为转蓬。

现在已找不到老裴跟李白师徒交往的细节，但其精彩程度，一定不逊于李杜的交往。

李白下面这个作品里，也有老裴的影子——

侠客行（节选）

赵客缦胡缨，吴钩霜雪明。

银鞍照白马，飒沓如流星。

十步杀一人，千里不留行。

事了拂衣去，深藏身与名。

这是李白最知名的一首剑诗。其灵感源头，应该是裴旻。

李白曾说过，剑术方面，除了裴老师，自己未尝一败。

至于是真是假，只有他自己知道。

• • • • • • • 裴旻和徒弟李白侃侃而谈 • • • • • • •

乖徒弟，最近好像你不太高兴啊！

边照镜子，边思考梦想，发现脸还是比梦先圆了。

酒与剑，跟李白身上的紫袍一样，都是他的盔甲，用来抵御妖魔鬼怪和不堪的现实。

为什么他能这么潇洒？因为他的家底不错。

李白的爸爸算是一个土豪，他的哥哥在九江做生意，弟弟在三峡也有产业，好像都跟水运有关。

有人说，人在困苦中，始有成就，其实有些偏颇。

男人富养，也可以有豪迈气概、脱俗精神。

可以这么理解，富二代李白，很早就过上了想要的生活。所以，他能集中精力，把自己的兴趣爱好发挥到极致。

比如，在练剑这件事上，他不仅拜师，自己也收了徒弟。当老师的时候，他还很年轻。

他写过一首有名的诗：

叙旧赠江阳宰陆调

太伯让天下，仲雍扬波涛。

清风荡万古，迹与星辰高。

开吴食东溟，陆氏世英髦。

多君秉古节，岳立冠人曹。

风流少年时，京洛事游遨。

腰间延陵剑，玉带明珠袍。

我昔斗鸡徒，连延五陵豪。

邀遮相组织，呵吓来煎熬。

君开万丛人，鞍马皆辟易。

告急清宪台，脱余北门厄。

间宰江阳邑，翦棘树兰芳。

城门何肃穆，五月飞秋霜。

好鸟集珍木，高才列华堂。

时从府中归，丝管俨成行。

但苦隔远道，无由共衔觞。

江北荷花开，江南杨梅熟。

正好饮酒时，怀贤在心目。

挂席拾海月，乘风下长川。

多沽新丰醁，满载剡溪船。

中途不遇人，直到尔门前。

大笑同一醉，取乐平生年。

此诗讲的，就是李白在京城被一群斗鸡的泼皮包围的场景。

眼看独木难支的时候，陆调突出重围，果断报警，诗仙的生命才得以保全。之后，李白高度评价陆调是个少年英雄。

闯荡江湖，剑术是李白重要的名片之一。他向韩荆州自荐，说自己"十五好剑术，遍干诸侯"。意思是，他不仅剑耍得好，还凭此见过很多王公贵族。

他写诗，也写到宝剑和杀人。

赠从兄襄阳少府皓

结发未识事，所交尽豪雄。

却秦不受赏，击晋宁为功。

托身白刃里，杀人红尘中。

当朝揖高义，举世钦英风。

小节岂足言，退耕春陵东。

归来无产业，生事如转蓬。

一朝乌裘敝，百镒黄金空。

弹剑徒激昂，出门悲路穷。

吾兄青云士，然诺闻诸公。

所以陈片言，片言贵情通。

棣华倘不接，甘与秋草同。

诗的大意是，兄弟我认识的都是豪迈热血之人，我李白
也很讲义气，为了朋友，可以两肋插刀，手刃歹徒。

这等快意生活，过得也太爽了。

30岁左右，真的是李白活得最无忧的时光，来去如风，血性十足。

感觉他都想给自己起一个绰号：屠夫。

月光之下，李白又开始耍剑，光圈内外，青光荧荧。

他面无表情，却目光锐利，似乎想要斩杀世间一切魑魅魍魉。此时，剑是他的诗，诗是他的剑。

除了在诗中展示他的狂傲，李白还用剑展示他的锋芒。

他试图证明，自己跟其他所有的诗人都不一样。

其实谁都知道，大唐社会安定，剑术不一定有用武之地。像裴旻，在刀枪入库、马放南山后，只能靠剑舞卖艺为生。

也就是说，当时的剑术，更注重观赏性。而李白将剑的概念和意象植于诗中，是为了表达自己的某种情绪。

那便是，既然不能"安社稷，济苍生"，那在无奈中发几句牢骚总可以吧？

唐朝诗人很多，但凭剑术收徒的诗人，估计没几个。

李白就有一个叫武谔的徒弟，在家中排行十七。在《赠武十七谔》一诗中，李白就做过详细的记录。

好似李白在说："你们后来人，谁也不准说我李白在剑术上吹牛，看，我都有徒弟了呢！"

李白在派对上一展歌喉，唱《剑歌》

我发现你总是唱最霸气的歌，做最尿的事。

以剑为歌，与汝结友，游于江湖。巨阙莫邪，逍遥此生！

杀人都市中（25）

杜甫

> 白哥，弱弱问一句，你腰上挂的剑到底用过没有？

李白

> 你是在质疑我吗？

杜甫

> 我们写诗的，都有一种刺客情结和死士崇拜，喜欢吟咏荆轲、聂政……

杜甫

> 我以为你只是因为喜欢他们，才选宝剑做装饰品。

高力士

从你的眼神里
我看到了欺骗

高力士

> @唐玄宗 依小的看，李白这是身藏凶器，图谋不轨。

唐玄宗

> 李爱卿，我大唐治安形势良好，百姓夜不闭户，你要这玩意儿干啥？

李白

成天在山里转悠，即使没有坏人，也可能有野兽。

唐玄宗

@裴旻 说到野兽，听说你曾经用剑一天杀掉 31 只老虎?

裴旻

是啊皇上，山里的老虎都成灾了。

杜甫

裴老师身材并不高大，这么能打?

李白

阿杜，真英雄靠的不是力气，而是内心的强大!

 一句话知识点

　　裴旻是大唐第一剑客，相传他与李白是师徒关系。
　　玄宗统治中期，社会比较稳定，剑客很少有表现的机会。

裴旻

@李白 你上次不是说特别崇拜我，我的剑舞表演，你要包 100 场的吗?

李白

老师，我说过这话吗？

裴旻

别不承认，我当时可截图了！

李白

完全不记得了……

李白

不知该摆出什么表情

杜甫

哇，100场！！

杜甫

我可以请公孙大娘来做表演嘉宾。

裴旻

@ 李白 回答我啊！

李白

最近手头比较紧……

公孙大娘

裴剑神好！ @ 裴旻

裴旻

公孙姑娘好，待会儿我们加微信！

公孙大娘

公孙大娘

白哥也在啊！

公孙大娘

听杜甫说你耍剑有一手，改天我们比试比试！

李白

可以的。

李白

但跟我比剑，必须接受我的规则！

公孙大娘

什么规则，但说无妨！

李白

传统功夫 以点到为止

一句话知识点

　　公孙大娘是当时最著名的剑舞艺术家之一，她在民间表演，观者如山；她在宫廷表演，无人能比。

　　杜甫曾为她写过诗，"昔有佳人公孙氏，一舞剑器动四方。观者如山色沮丧，天地为之久低昂"。

● ● ● ● ● ● ● **微信对话继续** ● ● ● ● ● ● ●

李白

> 群友们，哪天我们一起去练剑吧！

李白

> 燃烧我们的卡路里！

裴旻

> 燃烧我们的卡路里！

公孙大娘

> 练出人鱼线！

魏万

> @ 李白 偶像，听说你杀过人，是真的吗？

李白

> 当然是真的，那是在蜀中绵州……

李白

大家让让，十八米的砍刀
有点沉

魏万

可我在新书中介绍你"少任侠，手刃
数人"，引起很多人的质疑……

李白

大家都来做证，我李白什么时候
骗过人？

李白

诗里也写得清清楚楚，"笑尽一
杯酒，杀人都市中"。

高力士

难道文字就不能造假吗？

 一句话知识点

李白、裴旻、公孙大娘，是"大唐练剑三人组"。

传说李白年轻时在四川杀过人，但司法机关没治他
的罪。

魏万曾在诗中提及偶像李白持剑杀人的冷酷，但很
多人觉得李白剑术高超这事不可信，魏万的记叙完全是
吹捧。

杜甫

白哥，那次在山脚下，你为何被一个年轻土匪追着打？

李白

什么年轻土匪？那还是个未成年的孩子！

李白

不到最后一刻不动手

高力士

你们是说相声的吗？我快要笑死了！

韩朝宗

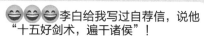李白给我写过自荐信，说他"十五好剑术，遍干诸侯"！

韩朝宗

我当时就没信他，就当是吹牛……

郭子仪

我觉得这事难说！

郭子仪

李白这个人，不仅长得帅，还文武双全。

 高力士

不行了我想吐一会儿!
来来来
话筒给你

李白

高公公要讲卫生,别总在群里吐!

 裴旻

好徒弟,求你个事。

李白

老师别客气,只要不是过分的要求……

 裴旻

你的私域流量那么大,能不能给为师导点粉啊?

李白

蹭流量吗?

 裴旻

别说得那么难听,就是加强互动!

李白

那直播的时候我们连麦吧!

一句话知识点

李白在推荐自己的时候，总喜欢强调自己会剑术。

因为被李白救过一命，大唐后来的传奇元帅郭子仪对诗仙一直感恩戴德。

蒙蒙问爸爸

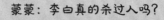

蒙蒙：李白真的杀过人吗？

爸爸：你知道他爱吹牛吧？

蒙蒙：他是想让人害怕他吗？

爸爸：差不多。他想说，主人勿近，坏人走开！

6

> **与古人隔空拥抱，
> 是治疗失眠的枕头。**
>
> ——李白的怀古诗

李白的近千首诗中，怀古题材的有 30 多首。

虽然创作数量较少，但是李白一直引领着怀古叹世的潮流。众所周知，李白的终极理想不是在诗词界封神，而是在政界大放异彩。

也就是说，李白不想只做一个诗人，他想做官，而且要官至宰相、帝师。

群聊名称	中年发福，脑门微秃 >
群二维码	>
群公告	>
备注	>
查找聊天内容	>
消息免打扰	

此诗文字非常老到，是李白最出色的作品之一。

金陵，即南京。凤凰台，因为南朝刘宋元嘉年间有凤凰集于此，乃筑台而得名。可是，现在祥瑞凤凰不见了，只有江水东流，不舍昼夜。

昔日的吴宫所在地，芳草埋着荒凉小路，晋代多少王族的墓，都已经荒芜，变成小丘。

李白因此感叹，古代王朝兴盛一时，但都已成过眼云烟，没有谁能打败时间。

只有大自然，才是永恒的存在。

这首诗的最后两句是李白真正想说的——每个朝代都有奸臣当道，就像浮云时时遮日。此刻登高看不到长安城，心中特别郁闷惆怅。

看似在写景记史，其实李白埋怨的是，自己的一辈子都被坏人耽误了。

作为传统而又执拗的知识分子，长安已经长在李白的内心深处。

像青苔一样，抠都抠不掉。

杜甫和李白咬文嚼字式探讨

白哥，死神为什么叫神而不是鬼呢？

因为叫死鬼好像有点不太正经。

也有人说，李白之所以写下《登金陵凤凰台》，是因为他不服气崔颢的《黄鹤楼》，一定要写一首怀古诗来比拼一下。

等到李白晚年到达金陵，发现凤凰台正是他与崔颢比拼的最好题材，"乃作凤凰台诗"。

这里最好是把崔颢的《黄鹤楼》拿出来比较一下，在比较中学习，效果更佳。

黄鹤楼

昔人已乘黄鹤去，此地空余黄鹤楼。

黄鹤一去不复返，白云千载空悠悠。

晴川历历汉阳树，芳草萋萋鹦鹉洲。

日暮乡关何处是，烟波江上使人愁。

崔诗人比李白要小几岁，但是早李白8年去世。崔诗人比较耿直，而且才思敏捷。他也爱旅游，诗风雄浑自然。

在《黄鹤楼》一诗中，崔颢说，历史人物早就驾着黄鹤消逝了，只剩下孤零零的黄鹤楼和飘游千年的白云。

汉阳的树木葱葱郁郁，夕阳西下，哪儿是我的家乡？长江上能见度不高，雾烟笼罩，让我的情绪更加低落，心生忧愁。

崔颢与李白同病相怜，同样不得志，只能一个托黄鹤、一个托凤凰来表达自己内心的失落。

崔颢珠玉在前，李白追赶在后。

如今，在古诗的殿堂里，《登金陵凤凰台》与《黄鹤楼》为登临怀古的双璧，灿烂又辉煌。

相比之下，李白的《登金陵凤凰台》更加浑厚博大，以气势夺人。通过穿越时空，充分展示了李白观古阅今、统揽四海于一瞬的高超创作能力。

李白的思考也比崔颢更深入。他认为强者可以叱咤一时，

定人生死，像秦始皇"挥剑决浮云，诸侯尽西来。明断自天启，大略驾群才"。可是总有一天，秦始皇也会"但见三泉下，金棺葬寒灰"（《古风·秦王扫六合》）。

强人，你牛什么牛？总有一天你也会躺在豪华棺材里，变成寒冷的尸灰。

· · · · · 李白立下诗坛宣言 · · · · ·

即使到晚年，李白还是无法从报国无门的痛苦中走出来。

这种对人生迷茫的慨叹，他在很多诗中都抒发了。再来举个例子。

越中览古

越王勾践破吴归，义士还乡尽锦衣。

宫女如花满春殿，只今惟有鹧鸪飞。

此诗给人以时空穿梭之感，满是古今盛衰之叹。

越王勾践当年派出西施，对吴王夫差使出美人计，最后打败吴国，得意一时。

胜利后，将士们衣锦还乡，宫女们一个个比花儿娇艳，簇拥在越王身边，春意盎然。

可是那又怎么样？

现在一切如梦幻泡影般消失了，只有天上飞着的鹧鸪鸟，才是现在最真实的景象。

怎一个凄凉了得！

有时候，李白看看当下的自己，又与古人的命运对应起来，创造出一种强烈的共情感。比如他在《望鹦鹉洲怀祢衡》中

写到了东汉末年祢衡的遭遇。

望鹦鹉洲怀祢衡

魏帝营八极，蚁观一祢衡。

黄祖斗筲人，杀之受恶名。

吴江赋鹦鹉，落笔超群英。

锵锵振金玉，句句欲飞鸣。

鸷鹗啄孤凤，千春伤我情。

五岳起方寸，隐然讵可平。

才高竟何施，寡识冒天刑。

至今芳洲上，兰蕙不忍生。

祢衡为平原般（在今山东乐陵西南）人，虽然只活了25岁，但在短时间内就成为当时最著名的文学家、辩论家之一。

祢衡的性格刚直高傲，特别喜欢评论时事，还骂过杀人不眨眼的曹操。可以说他的"杠精"本色，不输另一位文学家——从小让梨的孔融。

不知道为什么，曹操不想杀祢衡，就把他送给刘表。刘表也嫌麻烦，觉得他不好相处，又转送给江夏太守黄祖。

结果，祢衡的"杠精"本色毫无收敛，硬撑脾气暴躁的黄祖。直至在宴会上借着酒劲大骂黄祖，惹得黄祖一气之下命人杀了他。

其实，黄祖下令后不久即后悔，但手下人的行动太快，祢衡即刻就人头落地。

黄祖只好叹口气，厚葬之。

在《望鹦鹉洲怀祢衡》中，对祢老师的超人才华，李白献上了自己的膝盖，同时也对祢衡的早逝表达了愤慨。

如果穿越时空，同样孤傲的李白与祢衡相遇，他们一定能成为最好的朋友。

也只有性格相投的人，才能藐视时间，隔空对话。

除了祢衡的遭遇，李白还写过苏武牧羊的故事。

苏武

苏武在匈奴，十年持汉节。

白雁上林飞，空传一书札。

牧羊边地苦，落日归心绝。

渴饮月窟冰，饥餐天上雪。

东还沙塞远，北怆河梁别。

泣把李陵衣，相看泪成血。

在这首诗中，李白提到了两个历史人物，一个是苏武，一个是李陵。苏武是西安人，大概40岁时出使匈奴，被扣押19年，条件非常艰苦。

有多艰苦呢？渴了就饮用寒冷的冰窖水，饿了就食用天上的飘雪。这跟我们经常说的家里穷得"喝西北风"有一拼。

虽然过着非人的生活，但苏武的精神从未被击垮，始终保持着对汉王朝的忠诚。后来汉匈双方谈判，可怜的苏武终于可以从遥远的漠北回到长安。

回归之前，他和西汉降将李陵在临河诀别，当时有一段非常有名的谈话，大家如果有兴趣可以找来看一看。

他们两位，一个成了千古忠臣，另一个万古蒙羞。

这就是历史的魅力所在，所谓"最好的""最坏的"，都是相对的，其中的当事人也能成为朋友。

李白在诗中，隐约有些为李陵抱不平的意思。

事实上，凭五千士兵抵抗三万匈奴士兵，倾尽全力，最后受伤而降敌，这事好像并不难看。

然而，汉武帝丝毫不留情面，不仅杀掉李陵全家，连帮他说话的司马迁都被处以宫刑。这未免有点太过分了。

诗仙居然为 800 多年前的争议人物鸣不平？

大抵出于这个原因，后来江湖上出现一个传言，说李白是李陵的后代，具体真假，不得而知。

不管怎么样，李白笔下的李陵与苏武一样，对大汉王朝是有感情的。

诗中金句"渴饮月窟冰，饥餐天上雪"，后来被南宋抗金名将岳飞化用为"壮志饥餐胡虏肉，笑谈渴饮匈奴血"。

这是不是说明，非常有气节的岳飞，其实对投降派李陵也是理解的？

李白
第 7 次到敬亭山！

♡ 玉真公主、孟浩然、司马承祯、李阳冰、高适、杜甫、贺知章、王昌龄、王之涣

玉真公主：都去了 7 次了？

李白 回复 玉真公主：而且是十年内来了 7 次！

杜甫：这夕阳，太美了吧！

高适 回复 杜甫：血色残阳！

杨贵妃：一个大男人，学女孩拍照！

李白 回复 杨贵妃：😎

贺知章：阿白，不知什么时候可以再见？

王昌龄：能不能多写几首边塞诗，我好寂寞！！！

李白 回复 王昌龄：你去找岑参、王之涣呀！

6

李白的怀古诗，还有几首是专门献给自己的偶像的。

大才子李白也有偶像？当然，还不止一个。

但他的最爱，当数谢朓。

谢朓，今河南太康人。南朝萧齐文学家，"少好学，有美名，文章清丽"。

他曾任宣城太守，曾掌中书诏诰，也就是专门替皇帝写诏书的。世称"谢宣城"。

公元 499 年，始安王萧遥光谋取帝位，谢朓遭到诬陷，下狱而死，年仅 35 岁。

谢朓在诗歌创作上的主要成就是发展了山水诗，其风格是"语皆自然流出"（刘熙载《艺概》）。

不仅如此，他还能将佛道哲理自然地织入诗篇，使人读来"觉笔墨之中，笔墨之外，别有一段深情妙理"（沈德潜《古诗源》）。

李白将谢朓视为自己最重要的偶像。王士祯在《戏仿元遗山论诗绝句三十二首》中说，李白"一生低首谢宣城"。

李白这么高傲的人，一生很少将别人放在眼里，对时隔 200 多年的谢朓，是"例外中的例外"。

我们现在来看看，李白是怎么给自己的偶像写诗的。

秋登宣城谢朓北楼

江城如画里，山晚望晴空。

两水夹明镜，双桥落彩虹。

人烟寒橘柚，秋色老梧桐。

谁念北楼上，临风怀谢公？

此诗写于安史之乱爆发前夕。登上谢朓楼，李白所见到的，是人生少有的美景，不由得更加追慕自己的灵魂导师。

尤其在多年不得志，被权贵排挤后，李白的内心满是政治上的苦闷、彷徨和孤独。秋天又是个苍凉旷远的季节，寂寞感加倍地向李白袭来。

可是当李白来到宣城的谢朓楼，就像孩子回到母体一样安然自在。那一瞬间，他感觉自己与偶像的精神遥遥相接，情感强烈共振。

李白与贺知章都爱谢朓老师

看李白写给偶像的诗，就可以理解，为什么在人生的最后时刻，李白会来到宣城。

真的像"落叶归根"一样，自然、美丽。

再看下面这首。

谢公亭 · 盖谢朓范云之所游

谢亭离别处，风景每生愁。

客散青天月，山空碧水流。

池花春映日，窗竹夜鸣秋。

今古一相接，长歌怀旧游。

谢朓当年送别范云的地方还在，每次目睹这里的景物，都不免生出万古愁绪。

人已去，山已空，只有溪水缓缓流着。

通过池花和修竹等景物，依稀看到谢老师当年的样子，心情也变好了。

一代诗仙李白，沉浸在怀古的氛围中，完全不能自拔。

脑补大剧场

中年发福，脑门微秃（21）

李白
最近极累，感觉身体被掏空了。

李阳冰
能不累吗？你实在太分裂了。一会儿"人生得意须尽欢"，一会儿"人生在世不称意"；一会儿喜欢孔子，一会儿讨厌孔子。

李阳冰
你到底要怎样？

李白

别说了，我不想听

李白
长安啊，我心里永远的痛……

胡紫阳
当初可是你拼命要到长安发展的，没人逼你！

玉真公主
为了想办法向皇兄推荐你，我好些天都茶饭不思呢。

李白

谢谢公主！🙏🙏🙏

 元丹丘

兄弟，没抓住机会，我们不怪别人！

 孟浩然

阿白来襄阳吧，我们隐居个地老天荒。

李白

谢谢各位好兄弟！

李白

心里莫名的悲伤

 宗氏

我不想拖你后腿，但你真的该回来了。

李白

好的，老婆。

 宗氏

你承担过一个丈夫和父亲的责任吗？

李白

好的，老婆。

杨贵妃

@宗氏 好同情姐姐，你爱上了一个不回家的人。

宗氏

家里又没你的照片，现在孩子们都不认识你了。

李白

哦……

李白

这种情况下
我只能哦了

一句话知识点

　　李白多次在大城市遭遇失败，所以将目光转向山水，以及古人。

　　他是个分裂的人，由此也很痛苦，很多朋友都来开导他，夫人也经常催他回去。

● ● ● ● ● ● 微信聊天继续 ● ● ● ● ● ● ●

崔颢

听说你写《登金陵凤凰台》，是处心积虑想跟我的《黄鹤楼》PK（比拼）？

李白

我承认你这首诗写得很好，但真的不想跟你比，因为我们不是一个重量级的……

崔颢

我只想知道，"是"还是"不是"？

李白

呃，就算是吧。😏

李白

当时有人邀请我爬黄鹤楼，让我写诗……

崔颢

然后呢……

李白

然后，我整理思绪，却总是跳不出你那首诗，就把毛笔扔到了一边。

李白

这是过去几十年从来没有发生过的事情。

孟浩然

你当时不是这么跟我说的，阿白！

李白

是的，我说肚子疼，要上厕所，其实是我内心有点空。

崔颢

李白

但我当时就发誓，一定要找机会把面子争回来。

李白

我会让你明白
我从不说空话

 一句话知识点

　　传说李白被崔颢的黄鹤楼诗折服，一直耿耿于怀，总想扳回一局。

　　后来他终于在金陵凤凰山找到了灵感，写下了著名的《登金陵凤凰台》。所以说，有志者事竟成。

• • • • • • • 微信聊天继续 • • • • • •

 唐玄宗

李爱卿，听说你是谢朓的铁粉？

李白

这是天下人都知道的事……

李白

与其天天被社会毒打，还不如回到过去，跟古人成为好朋友。

李白

这双眼看透太多了

李白

总是有人要赢的，为什么不能是我？😭😭😭

 唐玄宗

你还不满足？比朕的名气都大！

 杨贵妃

三郎，我觉得他是飘了。

 杨贵妃

不理这些破事了，今晚陪皇上去华清池吧！

唐玄宗

甚好甚好，朕也是这么想的。

李白

你们还洗啊，皮都快洗破了……

唐玄宗

放肆！

杜甫

朱门酒肉臭，路有冻死骨。

李白

小杜快撤回，犯不上得罪他们。

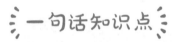一句话知识点

　　李白的诗，追求"清真""孤洁"，所以他按这个标准，选择了南朝齐文学家谢朓做自己的偶像。

　　被现实 PUA（打压控制）之后，李白喜欢回到过去，跟古人做朋友，寻找安慰。

　　唐代皇室和贵族过着奢华的生活，而李白、杜甫等文人过着潦倒的生活，所以他们的诗中有很多怨言。

• • • • • • • 微信聊天继续 • • • • • • •

李白

唉，时间就像卫生纸，看着很多，用着用着就少了。

李白

今晚准备喝个闷酒，回来再闷头大睡……

 孟浩然

阿白，我离你太远，赶不过来了。

 杜甫

我也是，下次早点通知。

 唐玄宗

什么时候谈谈工作的事？

李白

我现在没有那种世俗的欲望。

贺知章

抽空我们再谈谈理想……

李白

别和我谈理想，我戒了……

李白

再说你都八十好几了，谈了也白谈 😊

贺知章

贺知章

沧桑的笑

李白
现在只有古人能让我放松

李客
孩子，累了就回来吧，你娘亲特别想你。

李白
我也好想念妈咪，毕竟她是这个世界上第一个挺我的人。

元丹丘
什么意思？

李白

妈妈是全世界第一个挺你的人

元丹丘

真的好形象！

 吴指南

真的好形象！ +1

 魏万

真的好形象！ +1

一句话知识点

　　李白每次失落颓废，都会古古迹和古人那里寻安慰，现实生活中也有很多朋友帮他度过孤独。来自家人的挂念，对他来说也特别重要。

蒙蒙：古人都死了那么多年，还有那么神奇？

爸爸：古人并没完全死掉，他们精神上还活着。

蒙蒙：成功的人，必须从古人那里获取力量？

爸爸：你长大了。

> **人生就是大闹一场，
> 悄然离开。**

"他（李白）就像一团跳跃的火苗，狂放，热烈，争突，燃烧自己，挥洒豪情，一分一秒都不会休止。即使火势不旺的时候，他也是洋溢着低沉的怒号，尽力地迸射出火光。"

这是《三联生活周刊》对李白的描述。

其实，人一生就应该这样，来来去去有个响动。

群聊名称	天不生李白，诗坛万古如长夜 >
群二维码	>
群公告	>
备注	>
查找聊天内容	>
消息免打扰	

唐朝有个人，从小赢在起跑线上，当其他小朋友为考试能否及格而苦恼时，他却坚定地在满分附近保持微笑。

长大后，他爱旅游，爱喝酒，爱舞剑，爱写诗，爱显摆。

皇帝为他调过羹，权臣为他脱过靴。

此人就是李白，中国历史上最狂的诗人。

后人都称他为诗仙，因为他的诗不像是凡人写出来的——超脱、空灵、难以捉摸。

李白狂得率真，狂得彻底，喜欢将自己狂的一面毫无保留地写入诗中。

不知为何，后人把"诗狂"的荣誉称号颁给了老同志贺知章。

私以为，其实这个称号更适合李白。

因为上下五千年，文人墨客无数，比李白狂的人还没有出生。

李白的狂诗，句句得罪全世界。

而且狂起来，炸裂到天际，连皇权都无法遏止。

唐朝诗人层出不穷，竞相绽放，"内卷"十分严重，而

李白是当之无愧的"卷王"。

人生是什么？

金庸先生说，人生就是大闹一场，悄然离开。

李白过的，就是这样的人生。

他的狂野，完全是别人只可羡慕，却无法抵达的。

李白敬了贺知章一杯酒

李白一辈子，狂得没边。

天生我才，仰天大笑，散发扁舟，真的随性至极。

很多事情，只有李白敢做；很多文字，只有李白敢写。其他人连想都不敢想。

为什么这种狂已经刻进李白的骨子里？

因为这种思维习惯，自他小时候就养成了。

李白曾写过一篇上千字的赋（《明堂赋》），其中写道，"镇八荒，通九垓。四门启兮万国来，考休征兮进贤才"。李白的气场已经鼓起来了。

后来他在一首诗中回忆，他少年时期就已经发誓，要超过写赋的祖师爷司马相如。

赠张相镐·其二

本家陇西人，先为汉边将。

功略盖天地，名飞青云上。

苦战竟不侯，当年颇惆怅。

世传崆峒勇，气激金风壮。

英烈遗厥孙，百代神犹王。

十五观奇书，作赋凌相如。

龙颜惠殊宠，麟阁凭天居。

晚途未云已，蹭蹬遭逆毁。

想象晋末时，崩腾胡尘起。

衣冠陷锋镝，戎虏盈朝市。

石勒窥神州，刘聪劫天子。

抚剑夜吟啸，雄心日千里。

誓欲斩鲸鲵，澄清洛阳水。

六合洒霖雨，万物无凋枯。

我挥一杯水，自笑何区区！

因人耻成事，贵欲决良图。

灭虏不言功，飘然陟方壶。

惟有安期舄，留之沧海隅。

20岁，初出茅庐的李白在渝州谒见刺史李邕。据说李邕"颇自矜"，看不起年轻后生。

李白受不了这种轻蔑和傲慢，当即写了一首《上李邕》。

上李邕

大鹏一日同风起，扶摇直上九万里。

假令风歇时下来，犹能簸却沧溟水。

世人见我恒殊调，闻余大言皆冷笑。

宣父犹能畏后生，丈夫未可轻年少。

对扶摇九万里的大鹏来说，巴蜀实在太小了。就像一方小池塘，只能产蛇，不能养龙。

走出巴蜀的想法，已经深入李白的潜意识。

21 岁时，李白在成都一带旅游，在瑰丽山河与豪放心境的交相辉映下，他写出了自己的成名作。

登锦城散花楼（节选）

飞梯绿云中，极目散我忧。

暮雨向三峡，春江绕双流。

今来一登望，如上九天游。

如果说李白后来的名作《望庐山瀑布》之前在创作思路上早有铺垫，那一定是这一首起到了如此作用。

此诗"飞梯绿云中"之句一起，就看得出李白虽然才二十来岁的年纪，但他的狂妄与嚣张，已经极具感染力，给人留下深刻印象。

难怪当时的大学者苏颋，称赞李白"可比相如"。

紧接着，李白在 24 岁的时候写出《古风·其三十三》。

古风·其三十三

北溟有巨鱼，身长数千里。

仰喷三山雪，横吞百川水。

凭陵随海运，燀赫因风起。

吾观摩天飞，九万方未已。

在这首诗里，李白向全世界宣告，有大鹏一样志向的他，即将启程，小人们一定要远远避开。

他当时一定没想到，即使自己处在人生的重要时刻，还是一样受到小人的迫害。

26 岁时，李白写了一篇《代寿山答孟少府移文书》。因文章很长，这里只节录一小段。

……俄而李公仰天长吁，谓其友人曰："吾未可去也。吾与尔，达则兼济天下，穷则独善一身，安能餐君紫霞，荫君青松，乘君鸾鹤，驾君虬龙？一朝飞腾，为方丈、蓬莱之人耳，此则未可也。"

此文作于唐玄宗开元十五年（公元 727 年），当时李白初游安陆，与前宰相许圉师的孙女结婚，暂停了流浪生活。

但李白的心，一直为自己的人生理想而跳动。重新踏上旅途，只是迟早的事情。

李白的自信是自带的

杜甫曾写过李白"天子呼来不上船"，从一个侧面说明李白狂得有点危险，连天子都敢怠慢。

那还得了？天子一生气，后果很严重。

其实，李白入宫后过得并不好，一直郁闷纠结。强大的世俗压制了他的狂妄，让他觉得憋屈、难受。本来，他是以管仲、晏子自比的，是想官至宰相，成就一番大事业的。

唐玄宗天宝元年（公元742年），在那个被风吹过的夏天，40多岁的李白接到入京的诏书。他异常兴奋，觉得理想终于要实现了，故写下一首经典的狂诗。

> ## 南陵别儿童入京
>
> 白酒新熟山中归，黄鸡啄黍秋正肥。
>
> 呼童烹鸡酌白酒，儿女嬉笑牵人衣。
>
> 高歌取醉欲自慰，起舞落日争光辉。
>
> 游说万乘苦不早，著鞭跨马涉远道。
>
> 会稽愚妇轻买臣，余亦辞家西入秦。
>
> 仰天大笑出门去，我辈岂是蓬蒿人。

"我仰面朝天放声大笑，大踏步走出门去，我李白怎么可能是长期身处草野无所作为的人？"李白志得意满的模样，生动鲜活，呼之欲出。

诗的最后四句其实用了一个典故，就是西汉朱买臣的故事。老朱平生不得志，常常被人取笑，后来发迹后成功逆袭。

李白感觉自己的处境跟朱买臣有一比，但彼时那些讥笑已经没那么重要了，因为他马上就要赶去京城，实现自己的人生抱负了。

很多人认为，这是李白所有诗歌里，最狂的一首。

李白从家门出来，眼睛一直看着天，刚好碰到他的妻子

虽然进宫后，李白的才华受到认可，但他终究只是一个翰林待诏，主要工作是当唐玄宗、杨贵妃高兴时，他来写些应景的马屁诗。这谁受得了？

其实，李白是个聪明的家伙，年轻的时候就曾写诗，预

测过以自己的个性闯荡江湖，最终会是什么结局。

> ### 江上吟
>
> 木兰之枻沙棠舟，玉箫金管坐两头。
>
> 美酒樽中置千斛，载妓随波任去留。
>
> 仙人有待乘黄鹤，海客无心随白鸥。
>
> 屈平辞赋悬日月，楚王台榭空山丘。
>
> 兴酣落笔摇五岳，诗成笑傲凌沧洲。
>
> 功名富贵若长在，汉水亦应西北流。

李白在这首诗中高度肯定自己的文笔，说诗兴浓烈之时，落笔可摇动五岳，诗成之后，吟啸之声凌越沧洲。

写首诗而已，就能有这么大动静？随后他说，以自己恃才傲物的个性，如果功名富贵还能常伴自己左右，汉水恐怕都要向西北倒流了。

多么清醒的一个人啊，尤其是在经常醉酒的情况下，脑子还没有坏。

可是李白的心里很矛盾，对现状很不甘，总想去一试深浅。

在深宫内，李白仍然坚持做自己，傲视王侯，誓不低头，就真的是桀骜不驯了。果然，才一年多的时间，他就遭到了凶狠的反扑。

据说他的仕途中止，跟大太监高力士、驸马张垍的谗言有关。而这两人，刚好是唐玄宗宠信的人。

由于有心理预期，当李白公元744年被皇家遣散时，心情应该不至于很差。

出宫后，李白在江湖上的知名度，如火箭般蹿升。

关于他的传说，越来越多，有些听起来还很离奇。

于是，他一如既往地狂，而且一狂不可收。

被誉为天下第一劝酒诗的《将进酒》里面就写道，"天生我材必有用，千金散尽还复来"。

是上天造就了我的才干，它必然是有用处的，千两黄金就算花完了，也能够再次获得。

每次失败后，李白都能满血复活，多么豪气，多么狂妄！这种豪迈的人生气概，绝大多数普通人都不具备。

可以说，别人的清高狂妄都是缺点，只有李白的不是。

李白这个人，越狂越有魅力。

再看看下面这首诗，也很知名。

侠客行

赵客缦胡缨，吴钩霜雪明。

银鞍照白马，飒沓如流星。

十步杀一人，千里不留行。

事了拂衣去，深藏身与名。

闲过信陵饮，脱剑膝前横。

将炙啖朱亥，持觞劝侯嬴。

三杯吐然诺，五岳倒为轻。

眼花耳热后，意气素霓生。

救赵挥金槌，邯郸先震惊。

千秋二壮士，烜赫大梁城。

纵死侠骨香，不惭世上英。

谁能书阁下，白首《太玄经》？

这首《侠客行》表达的是："他们武艺盖世，十步可斩杀一人，前行千里，没人挡得住。大事做成后，他们拂袖而去，将功劳和美名隐藏起来。"

再读这首诗，感觉李白写的不是燕赵的侠士，而是他自己。

接下来欣赏一下李白狂妄受挫后的惊天奇想。

登新平楼

去国登兹楼，怀归伤暮秋。

天长落日远，水净寒波流。

秦云起岭树，胡雁飞沙洲。

苍苍几万里，目极令人愁。

"莽莽苍苍的几万里大地啊，极目远望使我忧愁。"
诗中还表达出李白狂妄之后的豪情满怀。

行路难·其一

金樽清酒斗十千，玉盘珍羞直万钱。

停杯投箸不能食，拔剑四顾心茫然。

欲渡黄河冰塞川，将登太行雪满山。

闲来垂钓碧溪上，忽复乘舟梦日边。

行路难，行路难，多歧路，今安在？

长风破浪会有时，直挂云帆济沧海。

"相信乘风破浪的时机总会到来，到时定要扬起征帆，横渡沧海！"

任何一个在生活中遭遇挫折的人，看完这两句，都会满血复活。

李白
第一次上《大唐人物周刊》的封面，心里还有点紧张。

大唐人物周刊

♡ 唐玄宗、玉真公主、杨贵妃、杜甫、司马承祯、高适、
孟少府、孟浩然、贺知章、王之涣、李阳冰、李客

李客：哇，儿子出息了！ 👍👍👍

孟浩然：看照片，怎么瘦了这么多？

玉真公主：照片修得你妈都不认识你了……

李白 回复 玉真公主：😥😥😥

高适：怎么上封面？要花钱吗？

李白 回复 高适：私聊！

杨贵妃：我已经上过 18 次了，我说什么了？

贺知章： 什么时候请客？不要太铺张！

杜甫：偶像就是偶像！

汪伦：偶像就是偶像！ +1

魏万：偶像就是偶像！ +1

别以为李白只是在诗里这么狂妄，其实他在生活中更狂。

而且那画风，是任性地评点历史，与大自然一起摇摆。

庐山谣寄卢侍御虚舟

我本楚狂人，凤歌笑孔丘。

手持绿玉杖，朝别黄鹤楼。

五岳寻仙不辞远，一生好入名山游。

庐山秀出南斗傍，屏风九叠云锦张，

影落明湖青黛光。金阙前开二峰长，银河倒挂三石梁。

香炉瀑布遥相望，回崖沓嶂凌苍苍。

翠影红霞映朝日，鸟飞不到吴天长。

登高壮观天地间，大江茫茫去不还。

黄云万里动风色，白波九道流雪山。

好为庐山谣，兴因庐山发。

闲窥石镜清我心，谢公行处苍苔没。

早服还丹无世情，琴心三叠道初成。

遥见仙人彩云里，手把芙蓉朝玉京。

先期汗漫九垓上，愿接卢敖游太清。

在这首诗里，李白嘲笑儒家的"扛把子"（带头大哥）孔子是个官迷，为了前途去游说楚王。

孔子低声下气这么做，其实天下很多读书人并不理解。李白以楚国的狂人接舆自比，直白地批评孔子太热衷于政治，德行随之衰退。

结合现实看，李白是挺矛盾的，一方面对官场失望，另一方面又时时鼓起勇气，想再去试试。

感觉他写这首诗，是想强行让自己远离政治，重回隐逸的生活。

当时李白已经差不多 60 岁，生命进入倒计时。他已经没有资格在政坛上竞逐，吃不着葡萄，只好说葡萄酸。

这首诗可能是他最后的狂诗。

李白与杜甫聊天

白哥，我本楚狂人，凤歌笑孔丘……这么写是不是对孔夫子太刻薄了？

还有更难听的话，我没写出来。

那个曾经"光芒万丈长"、自诩"岂是蓬蒿人"的大才子李白，总是要向时间低头的。

他在晚年所写的诗，少了一丝锐气，多了一丝寂寞与孤愁。

看看下面这首诗。

听蜀僧濬弹琴

蜀僧抱绿绮，西下峨眉峰。

为我一挥手，如听万壑松。

客心洗流水，遗响入霜钟。

不觉碧山暮，秋云暗几重。

这首诗很有意境，描写的是一位四川和尚抱着古琴，为李白弹奏名曲《风入松》。

诗仙好像听到万壑松风声，心灵被流水洗涤，琴声缭绕，与秋天的霜钟遥相呼应。

不知不觉暮色已笼罩青山，秋云黯淡，布满黄昏的天空。

这一首，充满禅意，倒有点像"诗佛"王维写的。

这正是李白的过人之处，可狂可甜，可粗豪可细腻。

| 热搜榜 | 文娱榜 | 要闻榜 | 同城榜 |

实时热点，每分钟更新一次

1 圣人亲切接见李白，希望他写出更多好诗（劲爆）5754596 **热**

2 传李白曾持剑杀人 3837686 **热**

3 贵妃创作出新的舞蹈 3737734 **热**

4 今年科举人数创历史新高 3065982 **新**

5 孟浩然与王昌龄吃饭，突发疾病入院治疗（即时更新）2704249

6 安禄山：我讴歌这美好的时代 1656822 **新**

7 贺知章的金龟去哪儿了 1595839 **新**

8 司马承祯、元丹丘等知名道士步行千里抵达长安，相当于 11.85 个马拉松 1578993

9 长安城东市，城管该管管了 1496491

10 西域的骆驼肉好不好吃？专家有一说一 1488203

脑 补 大 剧 场

天不生李白，诗坛万古如长夜（22）

 杜甫

> 白哥，你知道为什么我那么崇拜你吗？

李白

> 因为我长得帅？

 高力士

> 妈呀，我要吐了！

 高力士

还要不要脸

李白

> 高公公，这就吐了，说明你身体不好。

李白

> 上次为我脱靴，好像你也快要呕吐的样子。

 高力士

> 别说了，你的脚气……

 宗氏

> 不是让你每天洗脚吗？

213

李白

夫人，那几天我忘了……

杜甫

崇拜你，是因为你的高傲！

杜甫

原以为历史上最狂的是庄周、嵇康和陶渊明……

杜甫

但他们跟白哥比，算低调了！

李白

你爷爷杜审言呢？

杜甫

他狂得很艺术！

王昌龄

@李白 你属于狂到没心没肺、无边无际的那种。

李白

对不起，我这人，总是控制不住自己。

李白

那种狂妄

高力士

对你的祝福千言万语，浓缩成一个字：呸!!@李白

一句话知识点

众所周知，杜甫是李白的头号铁粉，而他的爷爷杜审言有一次喝酒过量，口放豪言，"吾文章当得屈、宋作衙官，吾笔当得王羲之北面"。意思是屈原、宋玉只配给我打下手，王羲之在书法上也得向我称臣。

一般人狂妄不是好事，但对李白这样有激情奇思的人来说，越狂妄，越出好作品。

• • • • • • • • 微信对话继续 • • • • • • • •

韩朝宗

@李白 还记得当年你拍过的马屁吗？

李白

那时候年轻，错拍了很多马屁。

韩朝宗

那时候给我写自荐诗的人实在太多了，简历要用麻袋装……

韩朝宗

说到简历，@李白 有个朋友跟我说，你的简历造假！

李白

造谣，绝对是造谣！！！

 韩朝宗

不过这都不重要了，你现在名满天下……

李白

韩老师怎么忽然这么客气，不习惯！😛

 韩朝宗

是这样，我是贺知章老师的粉丝，知道你跟他关系好，想讨他一个签名。

 韩朝宗

另外，不知道你还有没有兴趣过来工作……

李白

哈哈哈哈，笑死我了。

李白

聊天归聊天
别打我的主意

 杜甫

白哥，这是不是传说中的"一物降一物"？

韩朝宗

倒是给个话呀，太白！

李白

还没回过神来，让我适应适应！

 韩朝宗

嗯瑟，接着嗯瑟！

韩朝宗

真是给点阳光就灿烂。

 孟浩然

@ 李白 你这狂妄劲，有时候挺伤人。

李白

孟夫子，有话请直说！

 孟浩然

你知道王维兄弟为什么受不了你吗？
就是因为你的狂妄。

孟浩然

他认为你身上这种社交情绪溢出，很
有侵略性……

李白

这就非常的尴尬了

李白

随他说去，我也不稀罕他。

李白

不过孟兄告诉我一个人间真相！

杜甫

啊 ???

李白

任何一个人，都是喜欢着他的喜欢，不喜欢他的不喜欢……

杜甫

哦，是我浅薄了……

杜甫

如果你这句话没错的话
应该是对的

一句话知识点

　　李白虽然狂妄，但为了理想也曾向权力低头，堪称
史上第一求职信书写人。

　　曾看不起李白的人，包括书法家李邕、荆州长史韩

朝宗等。

李白狂妄，不顾别人感受，还得罪了王维，两人老死不相往来。

蒙蒙：李白为什么就能那么狂？

爸爸：主要是因为他特别有才华。

蒙蒙：那他为什么那么有才华？

爸爸：读书啊！永远别说读书苦，那是你看世界的路。

蒙蒙：那应该怎么读书呢？

爸爸：打住！爸爸不是智能机器人，也需要准备。

蒙蒙：好吧，下回再说！

《5分钟爆笑诗词》
下一册有请杜甫！

图书在版编目（CIP）数据

5分钟爆笑诗词. 李白篇/历史的囚徒著. -- 长沙：
湖南文艺出版社，2022.8
ISBN 978-7-5726-0774-5

Ⅰ.①5… Ⅱ.①历… Ⅲ.①唐诗－诗集②李白
（701-762）－传记 Ⅳ.① I222 ② K825.6

中国版本图书馆 CIP 数据核字（2022）第 121335 号

上架建议：文学·中国古诗词

5 FENZHONG BAOXIAO SHICI. LI BAI PIAN

5 分钟爆笑诗词. 李白篇

著　　者：历史的囚徒
出 版 人：陈新文
责任编辑：刘雪琳
监　　制：邢越超
策划编辑：李彩萍
特约编辑：万江寒
营销支持：文刀刀
装帧设计：利　锐
插　　画：罗茗铭
出　　版：湖南文艺出版社
　　　　　（长沙市雨花区东二环一段 508 号　邮编：410014）
网　　址：www.hnwy.net
印　　刷：三河市中晟雅豪印务有限公司
经　　销：新华书店
开　　本：875mm×1230mm　1/32
字　　数：140 千字
印　　张：7.5
版　　次：2022 年 8 月第 1 版
印　　次：2022 年 8 月第 1 次印刷
书　　号：ISBN 978-7-5726-0774-5
定　　价：49.80 元

若有质量问题，请致电质量监督电话：010-59096394
团购电话：010-59320018